君は見たか

秋田県《あきたけん》 田沢湖《たざわこ》と 岩手県《いわてけん》 御所湖《ごしょこ》に

首長竜《くびながりゅう》あらわる

ジャン・マース

Jan・Marsse

主《おも》な登場人物《とうじょうじんぶつ》

高橋正人《たかはしまさと》　10才　賢太《けんた》の親友《しんゆう》　小学《しょうがく》四年生《ねんせい》

徳田洋子《とくたようこ》　34才　賢太《けんた》の母《はは》　自営業《じえいぎょう》

徳田賢太《とくたけんた》　10才　主人公《しゅじんこう》　小学《しょうがく》四年生《ねんせい》

徳田智美《とくたともみ》　12才　賢太《けんた》の姉《あね》　小学《しょうがく》六年生《ねんせい》

徳田《とくた》　博《ひろし》　38才　賢太《けんた》の父《ちち》　自営業《じえいぎょう》

徳田祐也《とくたゆうや》　13才　賢太《けんた》のいとこ　中学《ちゅうがく》一年生《ねんせい》

目次

第《だい》一話《わ》　御所湖《ごしょこ》花火《はなび》大会《たいかい》

僕《ぼく》がその時《とき》見《み》たそれは、一体何《いったいなん》だったのか、見当《けんとう》もつかなかった。だから、本当《ほんとう》だったのか眼《め》の錯覚《さっかく》だったのか……。それは、あの夏《なつ》の夜《よ》の出来事《できごと》だった。

その日《ひ》は、七月《がつ》の最終日曜日《さいしゅうにちようび》で盛岡《もりおか》の奥座敷《おくざしき》 御所湖《ごしょこ》を会場《かいじょう》に花火大会《はなびたいかい》が開《ひら》かれていた。夜《よる》の八時《じ》から始《はじ》まっていて、会場周辺《かいじょうしゅうへん》は大勢《おおぜい》の観客《かんきゃく》で賑《にぎ》わっていた。

今年《ことし》も父《ちち》と母《はは》と智美姉《ともみねえ》ちゃんと、家族全員《かぞくぜんいん》で来《き》ていた。

僕《ぼく》の名前《なまえ》は、徳田賢太《とくたけんた》。雫石小学校《しずくいししょうがっこう》の四年生《ねんせい》になった。

ここ、岩手県雫石町《いわてけんしずくいしちょう》と盛岡市《もりおかし》にまたがる御所湖《ごしょこ》の側《そば》には、繋温泉《つなぎおんせん》があり、宿泊客《しゅくはくきゃく》のほかに、食事《しょくじ》や納涼《のうりょう》を兼《か》ねて、このまつりに、県内外《けんないがい》から、毎年約《まいとしやく》十万人《まんにん》の人《ひと》が集《あつ》まる。

日中《にっちゅう》は「湖上《こじょう》フェスティバル」や「子供《こども》さんさ踊《おど》り」あるいは「神輿《みこし》パレード」などが催《もよお》され、子供《こども》も大人《おとな》も、思《おも》いっきり楽《たの》しめる大《だい》イベントだ。

僕《ぼく》たちは夕方《ゆうがた》の腹《はら》ごしらえも、すっかり済《す》ませ、湖畔《こはん》で涼《すず》みながら、打《う》ち上《あ》げ花火《はなび》に見入《みい》っていた。お父《とう》さんはビールもすすみ、ほどよく顔《かお》が赤《あか》くなっていた。

花火大会《はなびたいかい》も、いよいよ佳境《かきょう》に入《はい》り、打《う》ち上《あ》げられる花火《はなび》も、より大《おお》きかったり、連発《れんぱつ》だったりで、それまで以上《いじょう》に、華《はな》やかになってきた。

花火《はなび》が上《あ》がるたび、大《おお》きな歓声《かんせい》と拍手《はくしゅ》がわきあがり、炸裂《さくれつ》した時《とき》の音《おと》は、お腹《なか》の底《そこ》まで、ドドーンと響《ひび》く。それがまた妙《みょう》に心地《ここち》好《よ》い。

賢太《けんた》は、花火《はなび》が湖面《こめん》に映《うつ》る様子《ようす》も、キラキラして奇麗《きれい》だなぁと、空《そら》と水面《みなも》の両方《りょうほう》に眼《め》をやった。

その時《とき》だった。パッと輝《かがや》いた遠《とお》くの水面《みなも》がざわめいて、突然何《とつぜんなに》かが、水中《すいちゅう》から飛《と》び跳《は》ねるのが見《み》えた。黒《くろ》っぽいその物体《ぶったい》は、暗闇《くらやみ》の中《なか》ではあったが、とても大《おお》きい。そして、その物体《ぶったい》が、水面《すいめん》に落《お》ちた時《とき》の水《みず》しぶきも、とても高《たか》く上《あ》がった。

花火《はなび》の閃光《せんこう》に照《て》らされたほんの一瞬《いっしゅん》の出来事《できごと》だった。

賢太《けんた》は、ザワッと鳥肌《とりはだ》がたつのを感じた。

声《こえ》を上《あ》げることもできず自分《じぶん》の周《まわ》りを見回《みまわ》したが、誰《だれ》もそのことに気《き》付《づ》いたような人《ひと》は居《い》なかった。

しばらくして、少《すこ》し大《おお》きな波紋《はもん》が、幾重《いくえ》も岸《きし》に届《とど》いた。

「やっぱり」と思《おも》いながらも、あんな大《おお》きな生《い》きものが、居《い》るはずもないから、半信半疑《はんしんはんぎ》のまま、もう、賢太《けんた》の頭《あたま》の中《なか》は、何《なに》が何《なん》だか訳《わけ》がわからなくなっていた。

ブルブルッと震《ふる》えながら気《き》がつくと、まだ鳥肌《とりはだ》は治《おさ》まっていなかった。

賢太《けんた》はさっき見《み》た光景《こうけい》を、真《ま》っ先《さき》に、お父《とう》さんに話した。

するとお父《とう》さんは、「花火《はなび》が湖面《こめん》に反射《はんしゃ》して、光《ひかり》の屈折変化《くっせつへんか》で、そう見《み》えたのではないか」と言《い》いながら、賢太《けんた》が見《み》たと言《い》う方向《ほうこう》を観察《かんさつ》するように、一緒《いっしょ》に眺《なが》めた。

「花火《はなび》は、湖上《こじょう》の台座《だいざ》から打《う》ち上《あ》げられているから、打《う》ち上《あ》げた時《とき》の上《じょう》昇《しょう》する花火《はなび》の噴煙《ふんえん》が、そのように見《み》えたのかもしれないなぁ」

さらに続《つづ》けた。

「でも、水《みず》しぶきが上《あ》がったというのは、何《なに》か分《わ》からないなぁ」

賢《けん》太《た》は、お父《とう》さんの話《はなし》を聞《き》きながら、しばらく一緒《いっしょ》にその方向《ほうこう》を見《み》つづけたが、後《あと》は何《なに》も変《かわ》った様子《ようす》は見《み》られなかった。

側《そば》で聞《き》いていた智美《ともみ》姉《ねえ》ちゃんは、

「きっと、ゴッシーを見《み》たのよ」

と賢《けん》太《た》のはなしを、おもしろがった。

やがて花火《はなび》大会《たいかい》も終《おわ》って、岸辺《きしべ》に敷《し》いたビニールシートを片付《かたづ》けて、駐車《ちゅうしゃ》場《じょう》へ向《むか》った。

賢《けん》太《た》は、跳《と》び上《あ》がった黒《くろ》っぽい、生《い》きものらしきものを、確《たし》かに見《み》たと繰《く》り返《かえ》して話《はな》したが、お父《とう》さんもお母《かあ》さ

んも姉《ねえ》ちゃんも、「きっと眼《め》の錯覚《さっかく》だったのよ」と信《しん》じてもらえなかった。
賢太《けんた》は、みんなにそう言《い》われると、段々《だんだん》に自分《じぶん》でも、そうだったのかなぁと思《おも》うようになった。

豆知識《まめちしき》　御所湖《ごしょこ》（御所ダム）

御所《ごしょ》ダムで出来《でき》た湖《みずうみ》を御所湖《ごしょこ》という。御所《ごしょ》ダムは、北上川《きたかみがわ》下流《かりゅう》の洪水防止《こうずいぼうし》、発電《はつでん》、潅漑《かんがい》、上水道引水《じょうすいどういんすい》を目的《もくてき》として1971年（昭和46年）から十年を費《つい》やして、雫石川《しずくいしがわ》に造《つく》られました。

ダム堤高《ていたか》さ　52.5メートル（岩手県庁の1.2倍]

ダム堤長《ていなが》さ　327.0メートル

貯水量《ちょすいりょう》（溜《た》められる水《みず》の量《りょう》）6500万立方メートル
（岩手県庁の763倍）

第《だい》二話《わ》　田沢湖《たざわこ》龍神《りゅうじん》まつり

その翌年《よくねん》の夏《なつ》、秋田県仙北市《あきたけんせんぼくし》の田沢湖《たざわこ》の花火《はなび》を観《み》に、家族全員《かぞくぜんいん》で出《で》かけた。

いつも、田沢湖《たざわこ》に近《ちか》い、民宿《みんしゅく》〈甚吉《じんきち》〉に泊《と》まることにしている。

この民宿《みんしゅく》は、田口《たぐち》さんご夫妻《ふさい》が、長《なが》いこと営《いとな》んでいて、いつ来《き》ても、家族同様《かぞくどうよう》に接《せっ》してくれるので、泊《とま》りに行《ゆ》くのが楽《たの》しみだ。

数年前《すうねんまえ》、電車《でんしゃ》で来《き》たときは、駅《えき》まで、送迎《そうげい》もしてもらった。

田沢湖《たざわこ》では、恒例《こうれい》の〈龍神《りゅうじん》まつり〉があり、その中《なか》で花火大会《はなびたいかい》も行《おこな》われる。

毎年《まいとし》七月《がつ》の第《だい》四土曜日《どようび》と決《き》まっていて、白浜《しらはま》の特設会場《とくせつかいじょう》は、その日《ひ》も多数《たすう》の家族連《かぞくづ》れや、カップルで賑《にぎ》わっていた。

祭《まつ》りは、辰子姫伝説《たつこひめでんせつ》に基《もと》いて構成《こうせい》されていて、〈辰子姫《たつこひめ》の里《さと》〉を探訪《たんぼう》する「院内峠越《いんないとうげご》え体験《たいけん》ツアー」や特設《とくせつ》ステージでの「芸能《げいのう》の演舞《えんぶ》」「たつこ音楽祭《おんがくさい》」、その後《ご》、メインである、〈龍神《りゅうじん》まつり〉の神事《しんじ》や花火大会《はなびたいかい》へと進行《しんこう》していく。

神事《しんじ》では八幡神社《はちまんじんじゃ》から宮司《ぐうじ》さんを迎《むか》え、御祭神《ごさいじん》に、田沢湖並《たざわこなら》びに辰子《たつこ》龍《りゅう》、太郎龍《たろうりゅう》の平穏無事《へいおんぶじ》を祈願《きがん》し、それはそれは厳《おごそ》かに執《と》り行《おこな》われる。

神事《しんじ》のあと、二十メートルもある巨大《きょだい》な二体《にたい》の龍《りゅう》、つまり辰子龍《たつこりゅう》と太《た》郎龍《ろうりゅう》が豪快《ごうかい》に舞《ま》い歩《ある》く。そして、松明《たいまつ》に照《て》らされながら湖《みずうみ》へと入《はい》って行《ゆ》く様子《ようす》は、真《まこと》に神秘的《しんぴてき》なものだ。

まつり広場《ひろば》には、裸電球《はだかでんきゅう》に照《て》らされた夜店《よみせ》がズラリ並《なら》んでいる。僕《ぼく》たちは、いつものように、店々《みせみせ》をひと回《まわ》りしてみる。童心《どうしん》にかえった大人達《おとなたち》も、食《た》べたり遊《あそ》んだりで、花火《はなび》の上《あ》がるまでの時間《じかん》を自由《じゆう》に楽《たの》しんでいるようだ。

お腹《なか》もいっぱいになった僕達家族《ぼくたちかぞく》も、浴衣姿《ゆかたすがた》のまま、落《お》ちつきの良《よ》い場所《ばしょ》に陣《じん》をとった。

ほかの人達《ひとたち》も、思《おも》い思《おも》いの所《ところ》に座《すわ》り、待機《たいき》している。

シュポーン、ヒュルヒュル、花火《はなび》は岸《きし》から二〇〇メートルぐらい離《はな》れた湖《こ》上《じょう》の、浮桟橋《うきさんばし》から、打《う》ち上《あ》げられた。

いよいよ花火大会《はなびたいかい》の始まりだ。

ドドーン、シュポーン、ヒュルヒュル、ドドーン、夏《なつ》の夜《よ》に大輪《だいりん》の花《はな》が咲《さ》く。

正《まさ》に、光《ひかり》と音《おと》の芸術《げいじゅつ》だ。

…花火師《はなびし》って、凄《すご》いんだな。

僕《ぼく》の家族《かぞく》はみんな、花火大会《はなびたいかい》に魅《み》せられる。

花火《はなび》の打《う》ち上《あ》げは、後半《こうはん》に大玉《おおだま》が上《あ》がったり、仕掛《しか》け花火《はなび》があったり、華《はな》やかさや豪華《ごうか》さを加《くわ》えて、盛《も》り上《あ》がる。

フィナーレが近《ちか》づき、競《きそ》うように、二《に》ヶ所《かしょ》から連続《れんぞく》して打《う》ち上《あ》げられ、歓声《かんせい》も拍手《はくしゅ》も、それまで以上《いじょう》に沸《わ》き上《あ》がった。

賢太《けんた》が、夜空《よぞら》から湖面《こめん》に眼《め》を移《うつ》すと、水面《すいめん》には漣《さざなみ》があるため、上空《じょうくう》とは別《べつ》の輝《かがや》きが見《み》られて奇麗《きれい》に光《ひか》っていた。

そんな景色《けしき》に見《み》とれていると、浮桟橋《うきさんばし》の更《さら》に奥《おく》の暗闇《くらやみ》で、花火《はなび》のあかりに照《て》らされて、何《なに》かが水中《すいちゅう》から飛翔《ひしょう》したように見《み》えた。「あっ、あれは」、賢太《けんた》は、とっさに思《おも》った。

（一年前《ねんまえ》の事《こと》は、すっかり忘《わす》れていたが、去年《きょねん》の夏《なつ》、御所湖《ごしょこ》の花火大会《はなびたいかい》で見《み》た情景《じょうけい》とそっくりではないかと。）

飛《と》び上《あ》がった物体《ぶったい》は、やはり黒《くろ》っぽくて、でかい。三〇〇メートルも

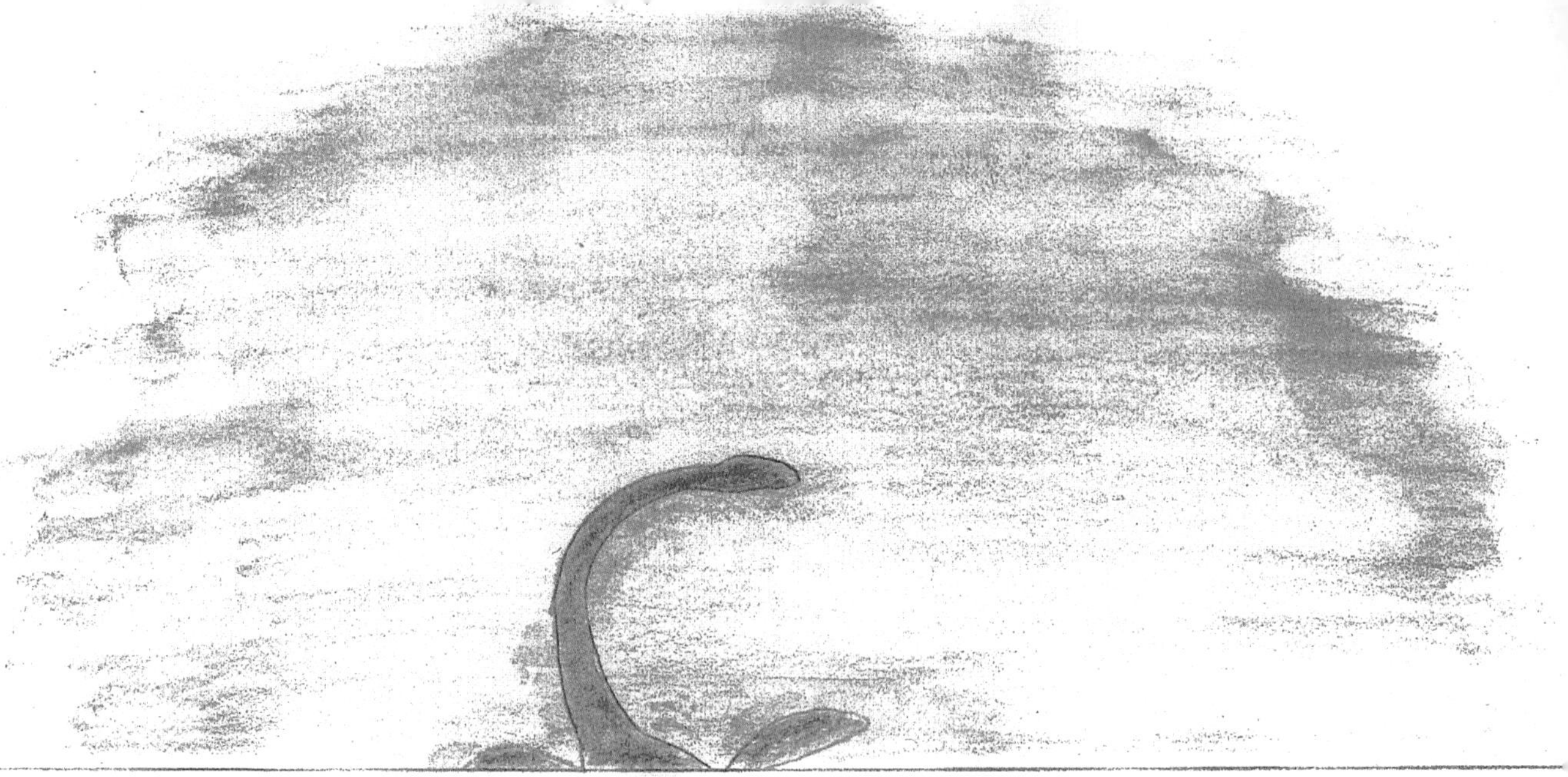

先《さき》だが、かなり大《おお》きいことは分《わ》かった。

　あれは生《い》きものだ……と直感的《ちょっかんてき》に思《おも》った。飛《と》び跳《は》ねた生《い》きものは水面《すいめん》に落《お》ち、やはり高《たか》く水柱《みずばしら》を上《あ》げた。

　間《ま》もなく、打《う》ち上《あ》げ台座《だいざ》の浮桟橋《うきさんばし》が、ゆっくり上下《じょうげ》に揺《ゆ》れ、その後《のち》、岸《きし》には波《なみ》がうち寄《よ》せた。ザザーと波《なみ》が小石《こいし》に砕《くだ》け散《ち》った。

　つばをゴクッとのみこんだ賢太《けんた》は、家族《かぞく》のみんなを見《み》た。誰《だれ》も今《いま》の現象《げんしょう》に気付《きづ》いていない。周《まわ》りの人達《ひとたち》も気付《きづ》いていないようだ。

　何《なに》か居《い》る、湖《みずうみ》に何《なに》か居《い》る。そう思《おも》ったとたん、急《きゅう》に怖《こわ》くなって震《ふる》えがきた。

　興奮《こうふん》も冷《さ》めやらないまま、真《ま》っ先《さき》にお父《とう》さんに伝《つた》えた。

「お父《とう》さんお父《とう》さん！　大変《たいへん》だ大変《たいへん》だ！　居《い》るよ居《い》るよ！　又見《またみ》たよ、お父《とう》さん！　去年《きょねん》の夏《なつ》、御所湖《ごしょこ》で見《み》た奴《やつ》と、おんなじだよ！　怪物《かいぶつ》だぁ」

「本当《ほんとう》か！　まず落《お》ち着《つ》いて！」

とお父《とう》さんは言《い》いながら、いつもと違《ちが》う真剣《しんけん》さの賢太《けんた》を見《み》て、一緒《いっしょ》に賢太《けんた》が指《ゆび》さす方《ほう》を見《み》た。

その先《さき》は、うす暗《ぐら》いまま、何《なに》も変《か》わったものは見《み》えない。今《いま》まで通《どお》り花火《はなび》は上《あ》がっていて、歓声《かんせい》も続《つづ》いていた。

しばらく見《み》ていたが、その後《あと》は何《なに》の変化《へんか》も起《お》きなかった。

賢太《けんた》は、さっきの出来事《できごと》を、詳《くわ》しく話《はな》した。去年《きょねん》の御所湖《ごしょこ》の、花火大会《はなびたいかい》の時《とき》と同《おな》じような光景《こうけい》だったことも話《はな》した。

お父《とう》さんは、僕《ぼく》の話《はな》しをだまってうなずきながら聞《き》いていた。そしてお母《かあ》さんと智美姉《ともみねえ》ちゃんも一緒《いっしょ》に真剣《しんけん》に聞《き》いてくれたので、僕《ぼく》は心《こころ》の中《なか》で、すごく嬉《うれ》しかった。

怖《こわ》かった気持《きも》ちも、少《すこ》しずつ治《おさ》

まってきた。

お父《とう》さんは、このことは誰《だれ》も信《しん》じてくれないかもしれないので、もう少《すこ》し確《たしか》めてから、先《さき》のことを考《かんが》えようと言《い》った。

みんなも同《おな》じ意見《いけん》だった。

やがて、花火大会《はなびたいかい》も終《お》わり、家路《いえじ》についた。お父《とう》さんは少《すこ》し酔《よ》っていたので、お母《かあ》さんが運転《うんてん》をし、民宿《みんしゅく》〈甚吉《じんきち》〉に向《む》かった。

宿《やど》に戻《もど》った僕達《ぼくたち》は、さっとシャワーを浴《あ》びて、部屋《へや》で又《また》、怪物《かいぶつ》の話《はな》しを始《はじ》めた。

賢太《けんた》は、改《あらた》めて順序《じゅんじょ》を追《お》って、自分《じぶん》の見《み》た状況《じょうきょう》を話《はな》した。去年《きょねん》の御所《ごしょ》湖《こ》の花火大会《はなびたいかい》の時《とき》と殆《ほとん》ど同《おな》じだったが、違《ちが》うのは、水面《すいめん》から跳《は》ねた怪物《かいぶつ》が、御所湖《ごしょこ》のときより高《たか》く上《あ》がったこと。そして、ボンヤリではあったが、その時見《ときみ》えた形《かたち》を絵《え》にしてみた。

とてつもない何《なに》かが、湖《みずうみ》に棲《す》んでいるかもしれないと、家族《かぞく》は絵《え》に見《み》入《い》った。

翌日《よくじつ》、新聞《しんぶん》やテレビに注目《ちゅうもく》したが、新聞《しんぶん》には昨日《きのう》の龍神《りゅうじん》まつりや花火《はなび》の記事《きじ》はあったが、特別《とくべつ》のことは何《なに》も載《の》っていなかったし、テレビでも、何《なに》も報道《ほうどう》されていないので、今回《こんかい》のことは未《ま》だ誰《だれ》も知《し》らないことだと確《かく》信《しん》した。

第《だい》三話《わ》　モールス信号《しんごう》

賢太《けんた》が小学《しょうがく》一年生《ねんせい》のとき、お父さんがレンタル店《てん》から借《か》りてきた〈インデペンデンス・デー〉というアメリカ映画《えいが》を、家族《かぞく》みんなで観《み》たことがある。

この映画《えいが》は、宇宙人《うちゅうじん》が狙《ねら》ったその星《ほし》を侵略《しんりゃく》し、その星《ほし》の資源《しげん》を食《く》いつくし終《お》えると又別《またべつ》の星《ほし》を襲《おそ》っては、同《おな》じことを繰《く》り返《かえ》す。食《く》いつくす。

その、とんでもない、極悪非道《ごくあくひどう》な宇宙人《うちゅうじん》と、襲《おそ》われた地球人《ちきゅうじん》の戦《たたか》いの物語《ものがたり》だ。

直径《ちょっけい》五五〇キロメートルの大母船《だいぼせん》から、直径《ちょっけい》二十四キロメートルの攻《こう》撃用円盤《げきようえんばん》が、次々《つぎつぎ》と出《で》てきて、地球上《ちきゅうじょう》の大都市《だいとし》を一斉《いっせい》に攻撃《こうげき》してくる。もの凄《すご》い破壊力《はかいりょく》の特殊光線砲《とくしゅこうせんほう》を発《はっ》し、その地域《ちいき》の全《すべ》てを壊滅《かいめつ》してしまう。

地球人《ちきゅうじん》は逃《に》げ惑《まど》うしかない。

地球連合軍《ちきゅうれんごうぐん》は、対抗《たいこう》すべく、各国《かっこく》と通信《つうしん》し合《あ》うも、その交信内容《こうしんないよう》は、宇宙人《うちゅうじん》に傍受《ぼうじゅ》され、逆《ぎゃく》にその電波《でんぱ》を利用《りよう》さえされる。

なにせ、都市《とし》を攻撃《こうげき》してくる円盤《えんばん》に、どんな反撃《はんげき》をしても、敵《てき》はバリアーを張《は》っているから、ビクともしない。

地球連合軍《ちきゅうれんごうぐん》は、敵《てき》の攻撃《こうげき》に対《たい》して、なす術《すべ》もなく、唯頭《ただあたま》をかかえるばかり。

こんな状況下《じょうきょうか》で、映画《えいが》の主人公《しゅじんこう》は、宇宙人《うちゅうじん》に悟《さと》られないような通信手段《つうしんしゅだん》を思《おも》いつく。それによって、各国《かっこく》の軍隊《ぐんたい》と連絡《れんらく》、協力《きょうりょく》し、反撃《はんげき》することに成功《せいこう》した。

地球人《ちきゅうじん》にしか分《わ》からない通信手段《つうしんしゅだん》、それは〈モールス信号《しんごう》〉であった。

この映画《えいが》を観終《みお》えたとき、僕《ぼく》も大人《おとな》になって、若《も》し、宇宙人《うちゅうじん》が攻《せ》めてきたら、自分《じぶん》も地球《ちきゅう》の平《へい》和《わ》のために役立《やくだ》ちたいと、本気《ほんき》で思《おも》った。

……地球防衛軍《ちきゅうぼうえいぐん》の一員《いちいん》として、活躍《かつやく》しているところを想像《そうぞう》してみた。制服姿《せいふくすがた》の自分《じぶん》がいて、指《し》令室《れいしつ》でモールス信号《しんごう》を一生懸命《いっしょうけんめい》、打《う》っている……。

だから、映画《えいが》を観《み》たのち直《す》ぐに、お父《とう》さんに〈モールス信号《しんごう》〉を覚《おぼ》えたいと、せがんだのである。

お父《とう》さんは、意外《いがい》なほどスンナリ受《う》け入《い》れてく

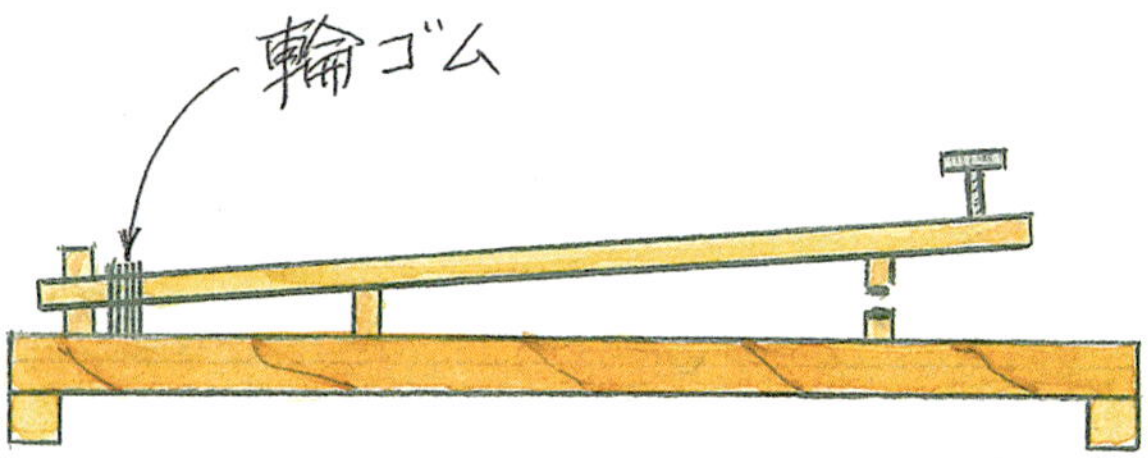

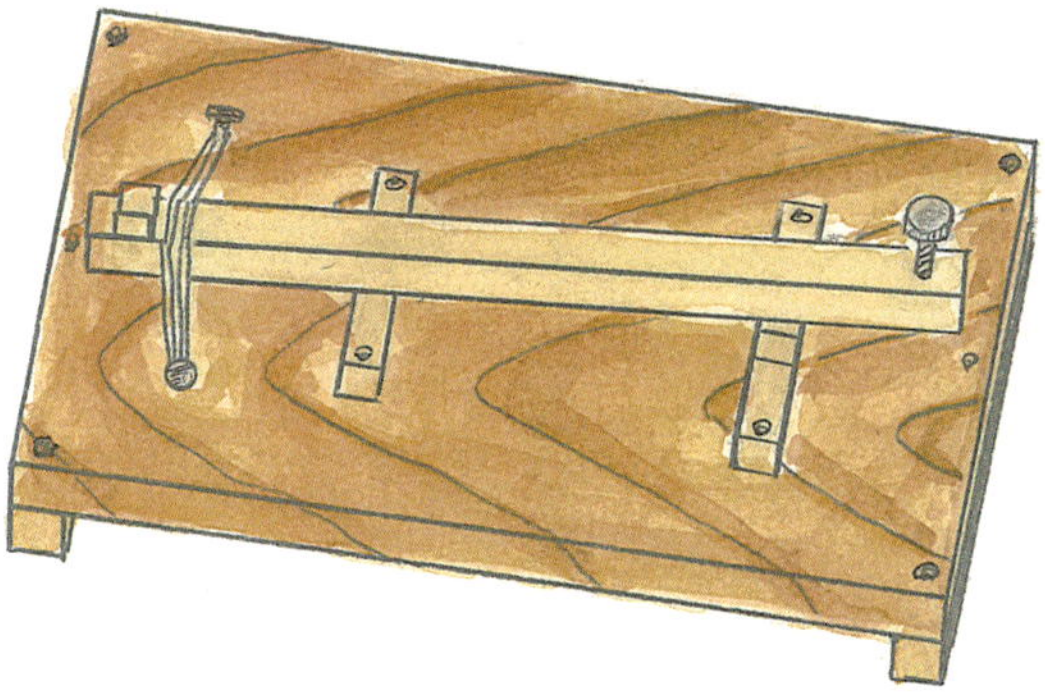

れた。直《す》ぐの日曜日《にちようび》に、盛岡《もりおか》の書店《しょてん》に連《つ》れて行《い》ってくれ、必《かなら》ず途中《とちゅう》で投《な》げ出《だ》さないことを条件《じょうけん》に、専門書《せんもんしょ》を買《か》ってくれた。

お父《とう》さんが、スンナリ了解《りょうかい》し、本《ほん》を買《か》ってくれたのは、あとで聞《き》いて知《し》ったことだが、僕《ぼく》が何《なに》か夢中《むちゅう》になれるものがあれば、その才能《さいのう》を伸《の》ばしてやろうと考《かんが》えていたからである。

買《か》ってもらった専門書《せんもんしょ》〈モールス通信《つうしん》〉を早速開《さっそくひら》いてみた。

ア は　ーー・ーー

イ は　・ー

ウ は　・・ー

エ は　ー・ーーー

オ は　・ー・・・

このように、単音《たんおん》を長短《ちょうたん》の符号《ふごう》に換《か》えて打《う》ち、発信《はっしん》する方法《ほうほう》だ。単音《たんおん》を繋《つな》ぐと単語《たんご》や文章《ぶんしょう》になる。

早《はや》く覚《おぼ》えたくて、ワクワクした。

数日後《すうじつご》には、本《ほん》に載《の》っている写真《しゃしん》や図《ず》を見《み》て、打《う》ち方《かた》を練習《れんしゅう》するための電鍵《でんけん》を作《つく》った。

モールス信号《しんごう》は、覚《おぼ》え方《かた》の一《ひと》つに、合調音法《ごうちょうおんほう》というのがあって、例《たと》えば、ハはハーモニカのハ、ホは宝石《ほうせき》のホ、というふうに覚《おぼ》える。

よって、ハはー・・・《ハーモニカ》、ホはー・・《ほうせき》、と打《う》つ。面白《おもしろ》いのはへ（屁《へ》）。打《う》ち方《かた》は・《へ》と短《みじか》く打《う》つだけだ。

通学《つうがく》の時《とき》は、小石《こいし》をポケットに忍《しの》ばせていた。この石《いし》は、お父《とう》さんからもらったもので〈タイガー・アイ〉という名前《なまえ》のパワーストーン。お父《とう》さんが以前《いぜん》、〈誕生守護石《たんじょうしゅごせき》〉と〈仕《し》事運《ごとうん》・金運《きんうん》を良《よ》くする〉とのことで、大型店《おおがたてん》に行《い》ったとき購入《こうにゅう》していたものだ。

その石《いし》で、いろいろの所《ところ》で打《う》つ練習《れんしゅう》をした。外《そと》での練習《れんしゅう》と家《いえ》での練《れん》習《しゅう》を合《あ》わせると一日《にち》一時間《じかん》にはなったでしょう。そのお陰《かげ》で五十音《ごじゅうおん》は、すっかり覚《おぼ》えた。

ある日《ひ》、お父《とう》さんに、全部覚《ぜんぶおぼ》えたことを話《はな》したら、

「そうか、よく覚《おぼ》えたな、頑張《がんば》ったな」

と、褒《ほ》めてくれた。

「宇宙人《うちゅうじん》が攻《せ》めて来《き》たら、頼《たの》むぞ！」

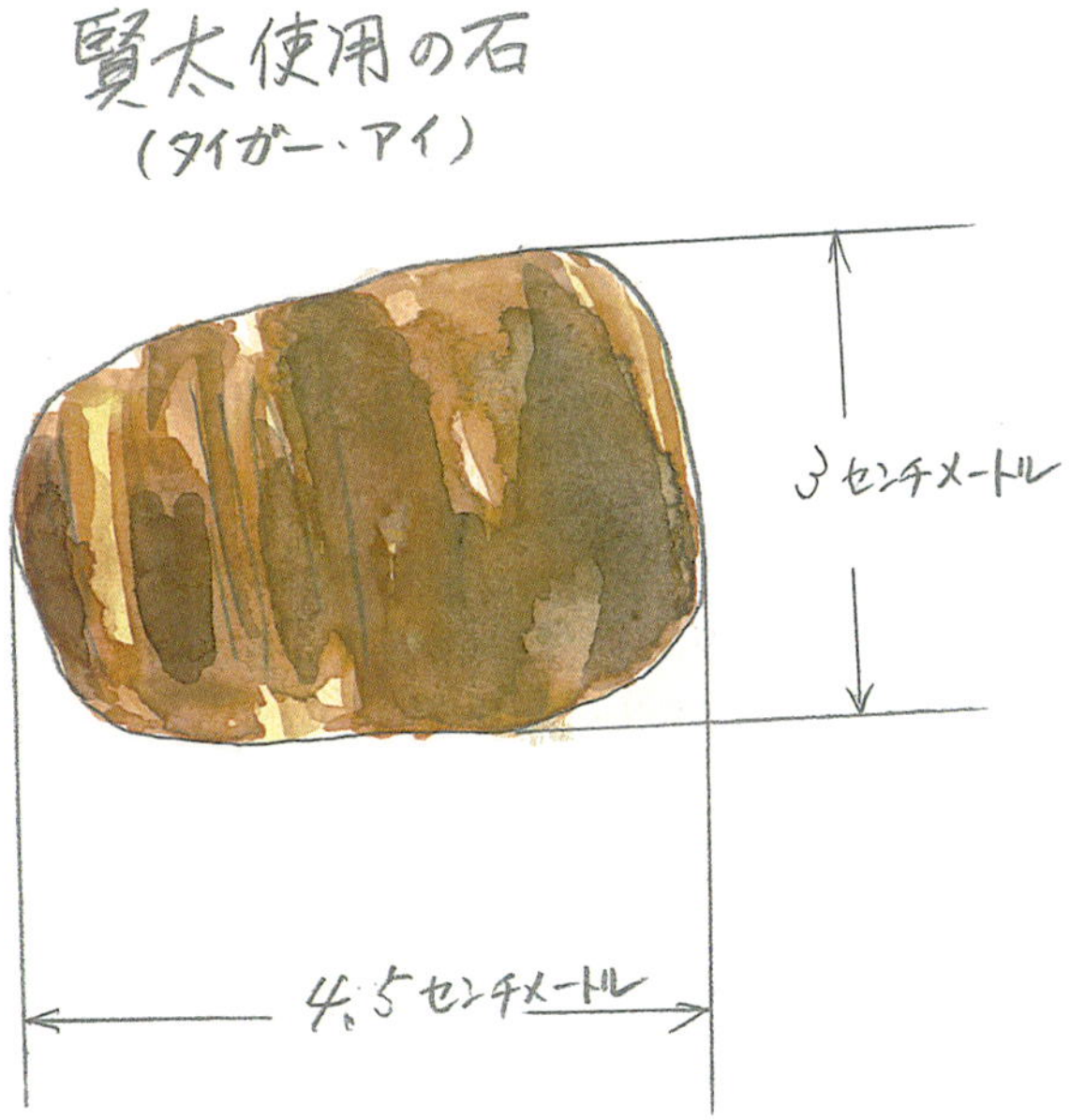

第《だい》四話《わ》　発信《はっしん》

昨年《さくねん》の御所湖《ごしょこ》と、先日見《せんじつみ》た田沢湖《たざわこ》の生《い》きものを、更《さら》に探究《たんきゅう》、確認《かくにん》したいという気持《きも》ちが強《つよ》くなり、賢太《けんた》は、以前《いぜん》に覚《おぼ》えたモールス信号《しんごう》を、なんとか利用《りよう》できないものかと考《かんが》えた。

モールス信号《しんごう》が生《い》きものに伝《つた》わることなど、到底考《とうていかんが》えられないことだが、試《ため》してみたくもあった。

水中《すいちゅう》での音《おと》の伝《つた》わる速《はや》さは、空気中《くうきちゅう》より速《はや》く、そして遠《とお》くまで届《とど》くことは、学校《がっこう》で習《なら》い知《し》っていた。確《たし》か毎秒《まいびょう》一五〇〇メートルだったと思《おも》う。

水《みず》につかった大《おお》きな岩《いわ》に、石《いし》で打《う》ってみてはどうだろう、そう思《おも》ったとほぼ同時《どうじ》に、賢太《けんた》は、自転車《じてんしゃ》で自宅《じたく》から御所湖《ごしょこ》に向《む》かっていた。

湖岸《こがん》に着《つ》いた賢太《けんた》は、先《ま》ず水《みず》につかった岩《いわ》を探《さが》した。足場《あしば》も安定《あんてい》し、水位《すいい》が変化《へんか》した時《とき》の安全《あんぜん》も考《かんが》えた。

よし打《う》ってみよう。ポケットからタイガー・アイを取《と》り出《だ》したが、

「ウーン、なんと打《う》とうかなぁ、ウーン」

簡単《かんたん》な方《ほう》がいいな、言葉《ことば》が分《わ》からないんだから。

コンニチハ　コチラ　ケンタ

コンニチハ　コチラ　ケンタ
いや、もっと短《みじか》くてもいいな
コチラ　ケンタ
コチラ　ケンタ
よしっ決《き》めた、これで行《い》こう。
自分《じぶん》でも、決断《けつだん》の早《はや》さに感心《かんしん》した。

コは工業高校《こうぎょうこうこう》のコ
チは知己多《ちきおお》しのチ
ラはラジオのラ
ケは計器調整《けいきちょうせい》のケ
ンは運動《うんどう》の教師《きょうし》
タはタームのタ

小学校《しょうがっこう》一年生《ねんせい》のとき覚《おぼ》えたモールス信号《しんごう》をよく覚《おぼ》えていたなと、自分《じぶん》ながら感心《かんしん》した。

早速《さっそく》打《う》ってみた、繰《く》り返《かえ》し打《う》った、続《つづ》けて打《う》った。

……当然《とうぜん》のことながら、何《なに》も反応《はんのう》はなかった。御所湖《ごしょこ》に居《い》るのなら、音《おと》は伝《つた》わっているはずだが、かえって、警戒《けいかい》するかもしれないと考《かんが》えながらも、とにかく続《つづ》けてみようと決《き》め、

コチラ　ケンタ　コチラ　ケンタ

何遍《なんべん》も何遍《なんべん》も、手持《ても》ちの、タイガー・アイで波打際《なみうちぎわ》の岩《いわ》を打《う》った。

学校《がっこう》から帰《かえ》ると賢太《けんた》は、両親《りょうしん》に断《ことわ》って毎日同《まいにちおな》じ場所《ばしょ》に行《い》き、モールス信号《しんごう》を打《う》った。

今日《きょう》で六日目《むいかめ》、やはり何《なに》も変化《へんか》は起《お》こらなかった。

賢太《けんた》の脇《わき》では笹《ささ》の葉《は》が、サラサラと音《おと》をたてていた。……あ、ホントだ。笹《ささ》って風《かぜ》も無《な》いのに風《かぜ》を呼《よ》ぶって本当《ほんとう》だな。

以前《いぜん》、お父《とう》さんから教《おそ》わったそんなことを、思《おも》い出《だ》しながら打《う》った。

湖《みずうみ》の西《にし》の山《やま》には、太陽《たいよう》が沈《しず》もうとしていた。夕陽《ゆうひ》が湖面《こめん》に反射《はんしゃ》して眩《まぶ》しいが、光《ひかり》を受《う》けた一帯《いったい》はなんと美《うつく》しい景色《けしき》だろう、大自然《だいしぜん》て素晴《すば》らしいな、しばらく、そっちに気《き》をとられながら打《う》った。

雫石町《しずくいしちょう》は、盛岡市《もりおかし》の西隣《にしどな》りに位置《いち》し、人口約《じんこうやく》二万人《まんにん》の町《まち》。北嶺《きんみね》に美《うつく》しい山容《さんよう》の岩手山《いわてさん》（二〇三八メートル）、西嶺《にしみね》に駒《こま》ヶ岳《だけ》（一六三七メートル）、南方《なんぼう》に南昌山《なんしょうざん》（八四八メートル）、東面《とうめん》に篠木山《しのきさん》（三八九メートル）の丘陵性《きゅうりょうせい》に囲《かこ》まれた盆地《ぼんち》で、保養《ほよう》の温泉場《おんせんば》は十五ヶ所《しょ》を数《かぞ》え、又《また》、一〇〇〇メートルを超《こ》す山《やま》も十二山《さん》あり、夏《なつ》の登山客《とざんきゃく》や冬《ふゆ》のスキー客《きゃく》で賑《にぎ》わう。

この自然《しぜん》豊《ゆた》かで風光明媚《ふうこうめいび》な雫石町《しずくいしちょう》が、僕《ぼく》は大好《だいす》きだ。

豆知識《まめちしき》 **御所湖《ごしょこ》にすむ魚《さかな》の種類《しゅるい》**

合計《ごうけい》23種類《しゅるい》すんでいます

コイ、キンブナ、ギンブナ、ゲンゴロウブナ、アメマス（イワナ）、サクラマス（ヤマメ）、ウグイ、ナマズ、カジカ、アユ、タナゴ、ワカサギ、アブラハヤ、その他《た》10種《しゅ》

（その他《た》）

ニゴイ、ギバチ、モツゴ、ギンザケ、オイカワ、タイリクバラタナゴ、ヌマチチブ、トウヨシノボリ、タモロコ

雫石町《しずくいしちょう》の1,000m《メートル》を超《こ》す山《やま》（単位《たんい》m《メートル》）

岩《いわ》手《て》山《さん》	2,038	湯《ゆ》森《もり》山《やま》	1,472
駒《こま》ヶ《が》岳《だけ》	1,637	三《みつ》石《いし》山《やま》	1,436
黒《くろ》倉《くら》山《やま》	1,568	三《み》角《かど》山《やま》	1,419
笊《ざる》森《もり》山《やま》	1,541	犬《いぬ》倉《くら》山《やま》	1,408
姥《うば》倉《くら》山《やま》	1,517	高《たか》倉《くら》山《やま》	1,408
烏《え》帽《ぼ》子《し》岳《だけ》	1,478	モッコ岳《だけ》	1,278

第《だい》五話《わ》　いとこに話《はな》す

ある日曜日《にちようび》、賢太《けんた》は、祐也兄《ゆうやにい》ちゃんを誘《さそ》って、好《す》きな釣《つ》りに出《で》た。元々《もともと》釣《つ》りを教《おし》えてくれたのは祐也兄《ゆうやにい》ちゃんで、ほかにもいろいろのことを教《おし》えてくれる。

祐也兄《ゆうやにい》ちゃんは、お父《とう》さんの兄《あに》の子供《こども》で、同《おな》じく雫石町《しずくいしちょう》に住《す》んでいる。中学《ちゅうがく》一年生《ねんせい》で智美姉《ともみねえ》ちゃんより一《ひと》つ年上《としうえ》だ。祐也兄《ゆうやにい》ちゃんには兄《あに》がいて、今《いま》、仙台《せんだい》の大学《だいがく》に行《い》っているという。

賢太《けんた》と祐也《ゆうや》の家《いえ》には、大《おお》きな池《いけ》があり、ここに釣《つ》ってきた鯉《こい》を放《はな》していて、どちらも十匹以上《ぴきいじょう》はいる。

実《じつ》は、賢太《けんた》が祐也兄《ゆうやにい》ちゃんを誘《さそ》ったのは、釣《つ》りが目的《もくてき》ではない。花火大会《はなびたいかい》で見《み》たことや、今《いま》、モールス信号《しんごう》を打《う》って試《ため》していることを伝《つた》えたかったからと、実際《じっさい》に湖《みずうみ》に来《き》て話《はな》した方《ほう》が、分《わ》かってもらえると思《おも》ったからだ。

お兄《にい》ちゃんは、最初《さいしょ》の内《うち》、話《はな》し半分《はんぶん》に聞《き》いていた。多分誰《たぶんだれ》だってそんな話《はな》しを聞《き》かされたら、否定《ひてい》するか笑《わら》って聞《き》き流《なが》すだろう。

ところが、いつもの賢太《けんた》とは違《ちが》う言《い》い方《かた》と態度《たいど》に、兄《にい》ちゃんは気《き》がついていた。

目《め》といい、口調《くちょう》といい、真剣《しんけん》さに圧倒《あっとう》された。

「最初《さいしょ》っから詳《くわ》しく話《はな》してくれ」

と言《い》った。

賢太《けんた》は、今《いま》までのこと全《すべ》て話《はな》し、家族《かぞく》も自分《じぶん》のことを信《しん》じていることも伝《つた》えた。

「賢太君《けんたくん》、分《わ》かった、探求《たんきゅう》したいんだね、協力《きょうりょく》するよ」

と強《つよ》く言《い》ってくれた。

賢太《けんた》は、嬉《うれ》しくて涙《なみだ》が出《で》た。

しかし、なんで御所湖《ごしょこ》と田沢湖《たざわこ》に、そんなものが現《あらわ》れるんだろう。

祐也《ゆうや》は、首《くび》をかしげながら、本当《ほんとう》のところ、まだ信《しん》じられずにいた。

第《だい》六話《わ》　探検隊結成《たんけんたいけっせい》

賢太《けんた》の部屋《へや》に、祐也兄《ゆうやにい》ちゃん、智美姉《ともみねえ》ちゃん、そして賢太《けんた》と同《おな》じクラスで賢太《けんた》とは親友《しんゆう》の高橋正人《たかはしまさと》君《くん》、計《けい》四人《にん》が集《あつ》まった。

正人君《まさとくん》には予《あらかじ》め、今回《こんかい》のいきさつも、今日《きょう》の会合《かいごう》の意図《いと》も伝《つた》えてあり、正人君自身《まさとくんじしん》、仲間《なかま》の一員《いちいん》として加《くわ》わることを希望《きぼう》していた。

祐也兄《ゆうやにい》ちゃんが、口火《くちび》を切《き》った。

「今日《きょう》、集《あつ》まってもらったのは、他《ほか》でもないが、皆《みな》さん、賢太君《けんたくん》から、既《すで》に聞《き》いていることですが、御所湖《ごしょこ》と田沢湖《たざわこ》にいる未知《みち》の生《い》きものを、探検《たんけん》、解明《かいめい》するために探検隊《たんけんたい》を結成《けっせい》しようと思《おも》います。皆《みな》さん、賛同《さんどう》していただけますか」

みんな拍手《はくしゅ》をした。

では、と話《はな》しを続《つづ》けた。

「探検隊《たんけんたい》の名前《なまえ》を決《き》めたいと思《おも》います。隊《たい》の名前《なまえ》を〈雫石少年探検隊《しずくいししょうねんたんけんたい》〉としたいと思《おも》いますが、いかがでしょうか」

又《また》、一同《いちどう》、拍手《はくしゅ》をした。

「次《つぎ》に、隊員《たいいん》ですが、ここに居《い》る四人《にん》と、それに賢太君《けんたくん》のご両親《りょうしん》を加《くわ》えた合計《ごうけい》六人《にん》が、隊員《たいいん》です。但《ただ》し、ご両親《りょうしん》は、準隊員《じゅんたいいん》の身分《みぶん》とし、同時《どうじ》に相談役《そうだんやく》を務《つと》めていただきたいと思《おも》います。皆《みな》さん、ご異議《いぎ》はありませんか」

一同《いちどう》から、異議《いぎ》なしの声《こえ》。

「今度《こんど》は、隊長《たいちょう》を決《き》めたいと思《おも》います。投票《とうひょう》で決《き》めますか」

すると、皆《みんな》から、賢太《けんた》、賢太《けんた》と、推挙《すいきょ》の声《こえ》があがった。

よって、隊長《たいちょう》も決《き》まったことが、祐也《ゆうや》から告《つ》げられ、大《おお》きな拍手《はくしゅ》があった。そして間《ま》もなく、

「皆《みな》さん、一度《いちど》、目《め》を通《とお》して下《くだ》さい」

と、一枚《まい》のプリントが配《くば》られた。

雫石少年探検隊《しずくいししょうねんたんけんたい》の誓《ちか》い

一、怪物《かいぶつ》の正体解明《しょうたいかいめい》を目的《もくてき》とします。

一、隊員《たいいん》は隊長《たいちょう》を補佐《ほさ》し、互《たが》いに結束《けっそく》します。

一、隊《たい》の秘密《ひみつ》を守《まも》ります。

一、新発見《しんはっけん》があった時《とき》は、連絡《れんらく》をとり合《あ》い、相談役《そうだんやく》に報告《ほうこく》、判断《はんだん》を待《ま》ちます。

一、単独行動《たんどくこうどう》はしません。

一、行動《こうどう》する時《とき》は、隊員《たいいん》バッジを着用《ちゃくよう》します。

平成《へいせい》　　年《ねん》　　月《がつ》　　日《にち》

隊長《たいちょう》

隊員《たいいん》

隊員《たいいん》

準隊員兼相談役《じゅんたいいんけんそうだんやく》

準隊員兼相談役《じゅんたいいんけんそうだんやく》

「皆《みな》さん、読《よ》みましたか。これで、よろしいでしょうか」

「ハイッ」

と元気《げんき》な声《こえ》で返事《へんじ》がきた。

「ところで、皆《みな》さんに了解《りょうかい》していただくことがあります。それは隊《たい》員《いん》バッジが今日《きょう》この日《ひ》に、間《ま》に合《あ》いませんでしたので、あとで配《くば》ります」

と、続《つづ》けて

「それではここで、この誓《ちか》いを全《ぜん》員《いん》で唱和《しょうわ》したいと思《おも》いますので、起立《きりつ》をお願《ねが》いします。皆《みな》さんは、賢太君《けんたくん》、いや、隊長《たいちょう》の発声《はっせい》に続《つづ》いて下《くだ》さい」

賢太《けんた》は、緊張《きんちょう》しながら、「雫石少年探検隊《しずくいししょうねんたんけんたい》の誓《ちか》い」と先導《せんどう》した。

唱和《しょうわ》を終《お》え、署名《しょめい》に移《うつ》った。

隊長《たいちょう》から書《か》き始《はじ》め、祐也兄《ゆうやにい》ちゃん、智美姉《ともみねえ》ちゃん、そして、高橋君《たかはしくん》の

順《じゅん》に進《すす》んだ。

最後《さいご》に各自《かくじ》が、署名《しょめい》の下《した》に拇印《ぼいん》を押《お》した。

丁度《ちょうど》その時《とき》、賢太《けんた》の両親《りょうしん》が部屋《へや》に入《はい》ってきた。そして、西瓜《すいか》とリイダーがテーブルに置《お》かれた。

「ごくろうさま。ここらで、一息《ひといき》ついて下《くだ》さい、少年探検隊《しょうねんたんけんたい》のみなさん！」

お母《かあ》さんが、ニコニコしながら配《くば》りはじめた。

お父《とう》さんも、

「これからは、何《なに》があっても、どんな小《ちい》さなことでも、連絡《れんらく》し合《あ》うこと。行動《こうどう》する場合《ばあい》は、必《かなら》ず二人以上《ふたりいじょう》で行《おこな》って下《くだ》さい。それから、身《み》の危険《きけん》を感《かん》じたら無理《むり》をしないこと。何《なに》か発見《はっけん》されれば、役場《やくば》も消防《しょうぼう》も警察《けいさつ》も動《うご》きます。そのときは、そちらの方《ほう》に従《したが》うこと。協力《きょうりょく》はしても勝手《かって》なことはしないことです。よろしいですか」

みんな一斉《いっせい》に、

「ハイ」

と、応《こた》えた。

準隊員兼相談役《じゅんたいいんけんそうだんやく》の二人《ふたり》も署名《しょめい》し、拇印《ぼいん》を押《お》した。

祐也兄《ゆうやにい》ちゃんから
「実《じつ》は、皆《みな》さん、賢太君《けんたくん》のご両親《りょうしん》には、予《あらかじ》め、今回《こんかい》の準隊員《じゅんたいいん》と相談役《そうだんやく》のお願《ねが》いをしまして、快《こころよ》くご了承《りょうしょう》をいただきました。

ご両親《りょうしん》には、皆《みな》さんから改《あらた》めて、ご挨拶《あいさつ》をお願《ねが》いします」

「宜《よろ》しくお願《ねが》い致《いた》します」

声《こえ》も揃《そろ》い、隊員《たいいん》は、さっそく、誓《ちか》いを新《あら》たにした。

みんなの心《こころ》の中《なか》は、ワクワク。〈探検隊《たんけんたい》〉……なんて良《い》い響《ひび》きなんだろう。格好《かっこう》がいいな。探検隊《たんけんたい》なんて、小説《しょうせつ》やテレビの中《なか》の世界《せかい》と思《おも》っていたから、何《なに》かしら落《お》ちつかなかったが、探検隊《たんけんたい》の一員《いちいん》であることが少《すこ》し照《て》れくさく、嬉《うれ》しく、誇《ほこ》りに思《おも》える。

探検隊結成《たんけんたいけっせい》を提案《ていあん》した祐也兄《ゆうやにい》ちゃんも、結構《けっこう》、満足《まんぞく》そう。

第《だい》七話《わ》　ついに現《あらわ》る

今日《きょう》も探検《たんけん》の日《ひ》です。御所湖岸《ごしょこがん》のいつもの所《ところ》に来《き》て、モールス信号《しんごう》を打《う》っていた。探検隊結成以来《たんけんたいけっせいいらい》は二人《ふたり》で行動《こうどう》していて、今日《きょう》も賢太《けんた》は、クラスメイトの正人君《まさとくん》と一緒《いっしょ》だ。彼《かれ》には、もう何度《なんど》も今《いま》までのことを話《はな》し聞《き》かせていたから、彼自身《かれじしん》も、その生《い》きものを早《はや》く見《み》たいと、強《つよ》く願《ねが》っていた。

交代《こうたい》で打《う》ち続《つづ》けた。

正人《まさと》は、賢太《けんた》がモールス信号《しんごう》を打《う》つとき、奇麗《きれい》な小石《こいし》を持《も》っていることを知《し》り、正人《まさと》も自分専用《じぶんせんよう》のものがほしくなって、先日《せんじつ》、雫石川原《しずくいしがわら》を探《さが》し歩《ある》いて見《み》つけた小《こ》石《いし》を、今使《いまつか》っている。

角《かど》のとれた、手《て》のひらに、ほど良《よ》い大《おお》きさの白《しろ》っぽい、きれいな石《いし》だ。

正人《まさと》が打《う》つときも、

－－－－《コ》　・・－・《チ》　・・・《ラ》　－・－－《ケ》

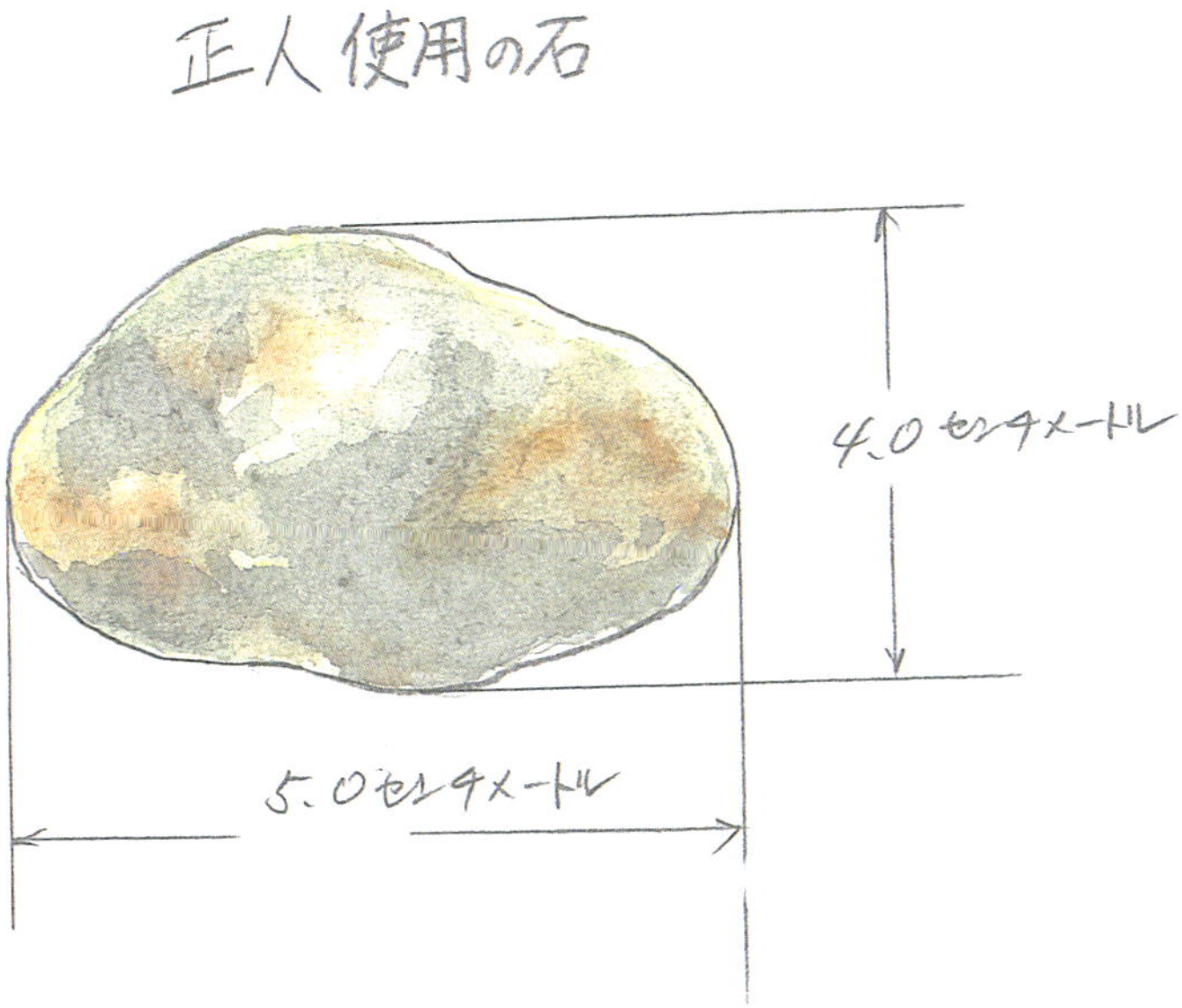

・ー・ー・《ン》　ー・《タ》　と、繰《く》り返《かえ》し打《う》つ。

打《う》ち方《かた》は、賢《けん》太《た》から教《おそ》わって覚《おぼ》えていたから問《もん》題《だい》はないが、自《じ》分《ぶん》では〈コチラ　マサト　コチラ　マサト〉と、打《う》ちたい気《き》もあった。でも大《たい》して気《き》にはしていなかった。考《かん》えてみたら打《う》つリズムを変《か》えない方《ほう》が、いいんだろうと、そう思《おも》っていたからだ。

しばらくして、また賢《けん》太《た》に代《か》わった。

コチラ　ケンタ　コチラ　ケンタ

これを繰《く》り返《かえ》した。

湖《こ》面《めん》に目《め》を配《くば》りながら、無《む》言《ごん》で繰《く》り返《かえ》し打《う》った。

オヤッ、賢《けん》太《た》は、遠《とお》くの水《すい》面《めん》に何《なに》か浮《う》いてるようにみえた。じっと見《み》つめたが、あれは丸《まる》太《た》ではないし……少《すこ》し動《うご》いているようだ。アッ、沈《しず》んだ、見《み》えなくなった。

賢《けん》太《た》の様《よう》子《す》に気《き》付《づ》いた正《まさ》人《と》は、並《なら》んで息《いき》をのんで見《み》据《す》えた。

賢《けん》太《た》は、小《こ》石《いし》を打《う》ち続《つづ》けた。二《ふた》人《り》とも双《そう》眼《がん》鏡《きょう》を構《かま》えた。

「ついに現《あらわ》れたのか」、二《ふた》人《り》の胸《むね》は高《たか》鳴《な》っている。

いっそう激《はげ》しくモールス信《しん》号《ごう》を打《う》ち続《つづ》けた。

しばらくすると、さっきと違《ちが》うところに黒《くろ》く影《かげ》が浮《う》かんだ。急《いそ》いで双《そう》眼《がん》鏡《きょう》の方《ほう》向《こう》を合《あ》わせた。

二人《ふたり》とも、アッと声《こえ》を上《あ》げた。

「あれは、首長竜《くびながりゅう》だ！」

肉眼《にくがん》では、ハッキリしなかったが、双眼鏡《そうがんきょう》では、首長竜《くびながりゅう》そのものだ。横《よこ》にゆっくり移動《いどう》している。じっと、こちらを見《み》ているようだ。

「アッ、潜《もぐ》った」

賢太《けんた》は、われにかえって発信《はっしん》を続《つづ》けた。少《すこ》しして、また別《べつ》のところに現《あらわ》れた。そしてまた、横《よこ》に移動《いどう》していく。確《たし》かに、モールス信号《しんごう》の音《おと》に、反応《はんのう》しているように思《おも》える。

首長竜《くびながりゅう》からすれば、相手《あいて》（人間《にんげん》）が得体《えたい》の知《し》れない生《い》きものだから警戒《けいかい》してのことだろうか、一定《いってい》の距離《きょり》を保《たも》っている。

間《ま》もなく、首長竜《くびながりゅう》は、また潜《もぐ》って見《み》えなくなった。

賢太《けんた》はなおも石《いし》を打《う》ち続《つづ》けたが、ふたたび現《あらわ》れることはなかった。

興奮冷《こうふんさ》めやらない二人《ふたり》は、今《いま》までにない位《ぐらい》のスピードで、賢太《けんた》の

家《いえ》まで帰《かえ》った。

　家《いえ》に居《い》たお母《かあ》さんは、ハーハーと息《いき》をきらした二人《ふたり》に、深呼吸《しんこきゅう》をさせ、水《みず》を飲《の》ませてから、おおむねのことを聞《き》いた。そして、配達《はいたつ》に出掛《でか》けているお父《とう》さんに、携帯電話《けいたいでんわ》で連絡《れんらく》をとった。一緒《いっしょ》に居《い》た智美姉《ともみねえ》ちゃんは、祐也《ゆうや》兄《にい》ちゃんに電話《でんわ》をかけた。

　少年探検隊《しょうねんたんけんたい》の誓《ちか》いのとおり、皆《みんな》てきぱきと行動《こうどう》した。

　少《すこ》ししてお父《とう》さんが帰《かえ》って来《き》た。そして、祐也兄《ゆうやにい》ちゃんも駆《か》けつけ、緊急会議《きんきゅうかいぎ》が始《はじ》まった。

　賢太《けんた》と正人《まさと》は、さっき見《み》たことを、一気《いっき》に喋《しゃべ》った。そして、

「あの動《うご》きは、絶対《ぜったい》、生《い》きものの動《うご》きです。図鑑《ずかん》で見《み》たのと同《おな》じです。あれは、きっと首長竜《くびながりゅう》です。あの感《かん》じからすると、四《し》、五《ご》メートルはあります。御所湖《ごしょこ》だから、あれは、ゴッシーです。いや、ゴショリュウです！」

賢太《けんた》は、言《い》い終《お》えて、大《おお》きく息《いき》をついた。

相談役《そうだんやく》のお父《とう》さんは、

「これは、世界的《せかいてき》な大事件《だいじけん》になる可能性《かのうせい》があります。これは大変《たいへん》なことなので、明日《あした》役場《やくば》に行《い》ってきます。そうして、関係先《かんけいさき》には役場《やくば》から連絡《れんらく》をとってもらいましょう」

相談役《そうだんやく》の両親《りょうしん》は、そうすることが最善《さいぜん》と判断《はんだん》し、みんなに伝《つた》えた。みんなも、それに納得《なっとく》し、うなずいた。

翌朝《よくあさ》六時《じ》に全員《ぜんいん》で、御所湖《ごしょこ》の、今日《きょう》賢太《けんた》と正人《まさと》が見《み》たという現場《げんば》に集合《しゅうごう》することとし、解散《かいさん》することとなったが、その前《まえ》に賢太《けんた》と正人《まさと》は、他《た》のメンバーにモールス信号《しんごう》の発信《はっしん》の仕方《しかた》を指導《しどう》した。

教《おし》えながら、賢太《けんた》は思《おも》っていた。

(音《おと》が、どこから、そして、なぜ鳴《な》っているのか、首長竜《くびながりゅう》はきっと確《たし》かめに来《き》たんだろうか)

しかし、首長竜《くびながりゅう》は、いつから棲《す》んでいたんだろう、なぜ今《いま》まで発見《はっけん》されなかったんだろう。疑問《ぎもん》はつのるばかりだ。

首長竜《くびながりゅう》誕生《たんじょう》の秘密《ひみつ》

一九九八年《ねん》（平成《へいせい》十年《ねん》）九月三日《がつみっか》、大《おお》きな地震《じしん》が、岩手県《いわてけん》の内陸北部《ないりくほくぶ》で発生《はっせい》した。マグニチュードは六・二、震度《しんど》は六弱《じゃく》だ。この時《とき》の火山性地震《かざんせいじしん》で、雫石町松倉《しずくいしちょうまつくら》の、葛根田《かっこんだ》の大岩屋《おおいわや》（玄武洞《げんぶどう》）が崩《くず》れ落《お》ち、せっかくの特別天然記念物名勝《とくべつてんねんきねんぶつめいしょう》が失《うしな》われた。

二〇〇六年《ねん》（平成十八年《へいせいねん》）八月八日《がつようか》は、大雨《おおあめ》によって、雫石町《しずくいしちょう》地内《ちない》、岩手山麓《いわてさんろく》で土砂崩《どしゃくず》れがあり、巾《はば》三〇〇メートルにわたり、幹線道路《かんせんどうろ》が塞《ふさ》がれた。数ヶ月《すうかげつ》の間《あいだ》、通行止《つうこうど》めとなり、網張温泉《あみはりおんせん》へ行《い》き来《き》するには、迂回路《うかいろ》が設定《せってい》された。

このように、過去何百万年《かこなんびゃくまんねん》の間《あいだ》に起《お》きた、幾度《いくど》もの火山性地震《かざんせいじしん》や自然気象《しぜんきしょう》で、地下《ちか》のいたる所《ところ》で空洞《くうどう》が出来《でき》ていたが、その空洞同士《くうどうどうし》が、地震《じしん》があるたび崩《くず》れたりして、徐々《じょじょ》に繋《つな》がり、やがて、長《なが》い空洞《くうどう》が生《う》まれた。そこには、地下水《ちかすい》も溜《た》まり、地下水路《ちかすいろ》は、ところどころで地表《ちひょう》に出《で》て、その部分《ぶぶん》は池《いけ》や沼《ぬま》と

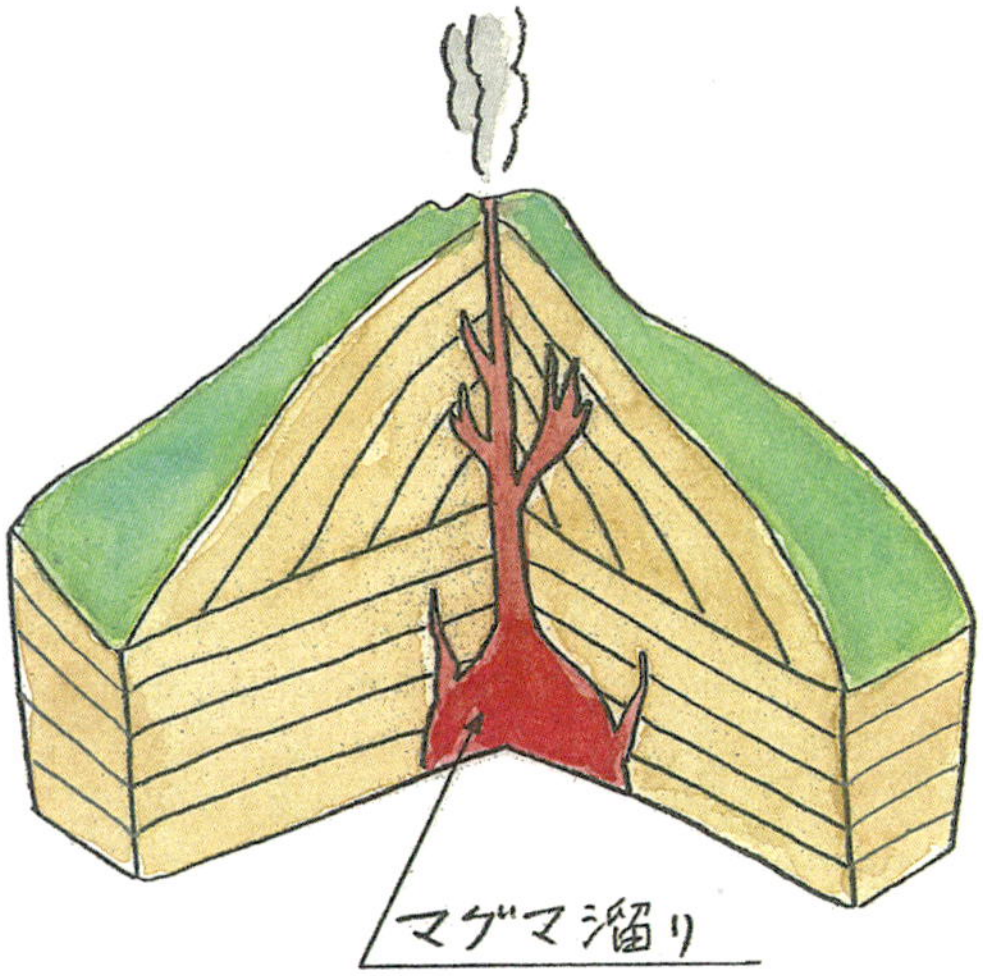

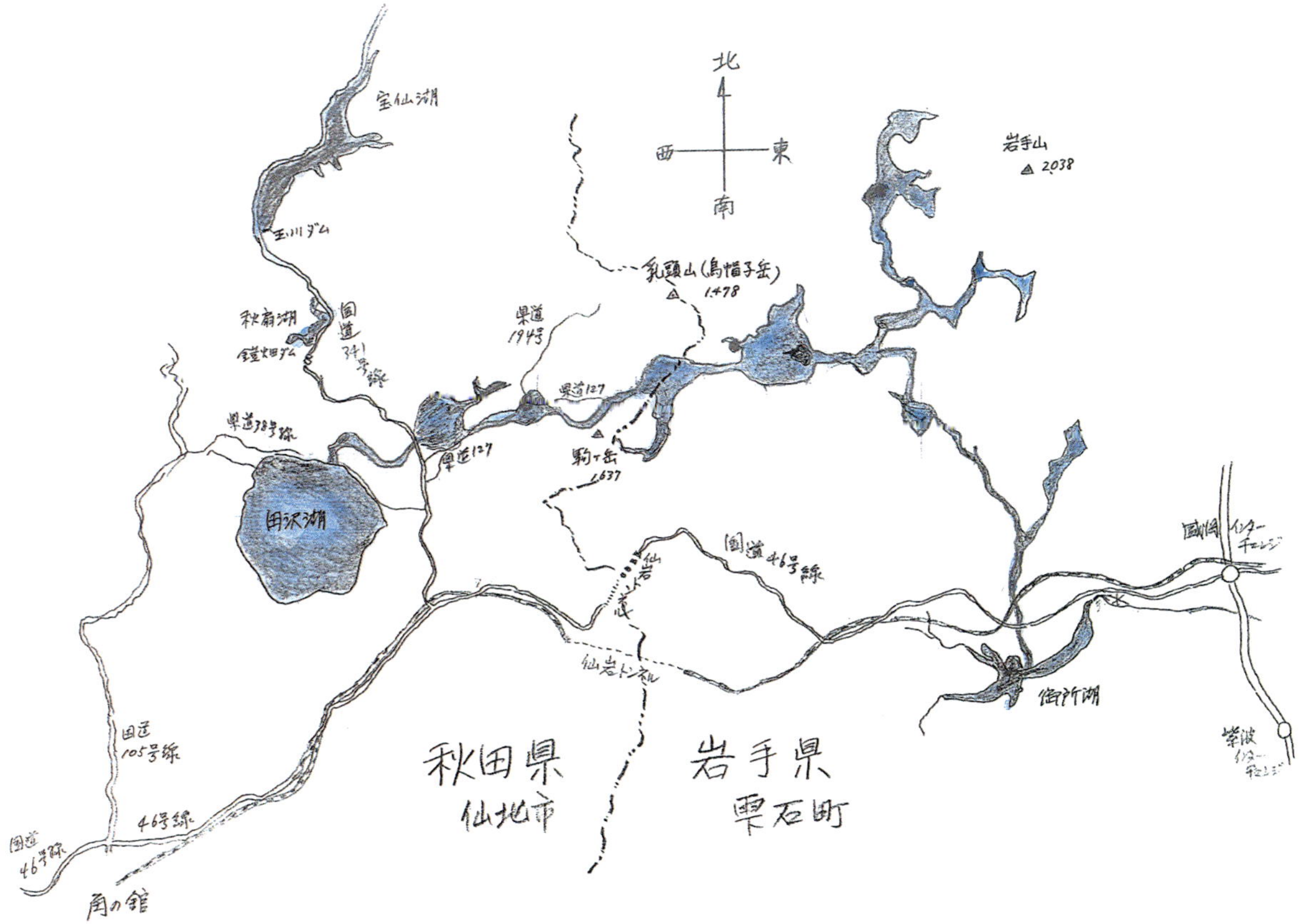
北
西
東
南
宝仙湖
玉川ダム
秋扇湖
鎧畑ダム
国道341号線
県道194号
県道127
県道38号線
県道127
田沢湖
駒ヶ岳
1637
乳頭山（烏帽子岳）
1478
岩手山
2038
国道46号線
仙岩峠
仙岩トンネル
盛岡インターチェンジ
御所湖
紫波インターチェンジ
国道105号線
46号線
国道46号線
角の館
秋田県
仙北市
岩手県
雫石町

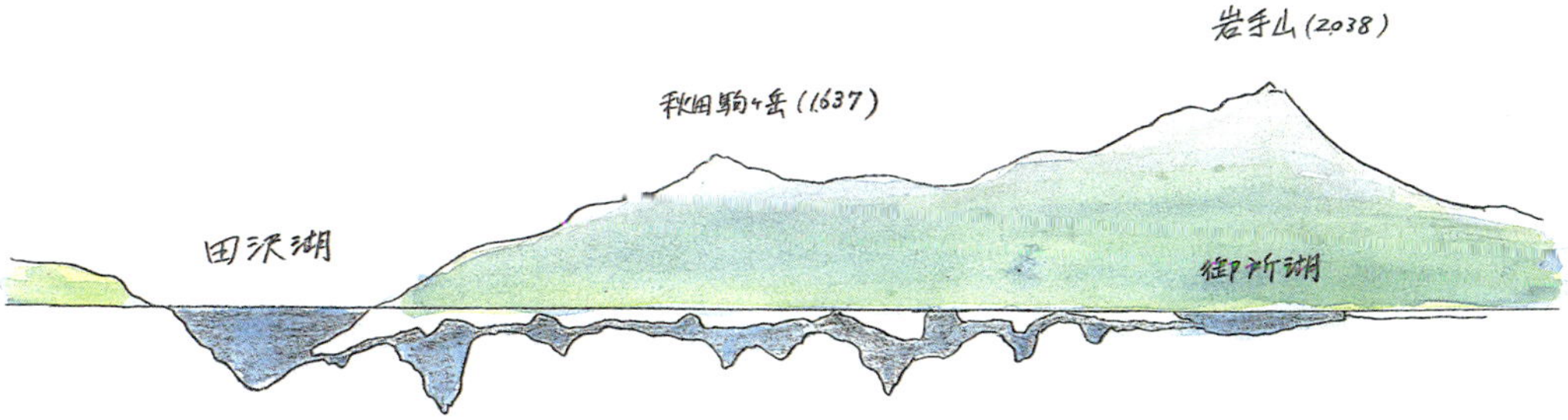
岩手山（2038）
秋田駒ヶ岳（1637）
田沢湖
御所湖

なっている。

奥羽山脈《おううさんみゃく》は活火山《かつかざん》が走《はし》り、温泉《おんせん》の数《かず》は数《かぞ》えきれないほど沢山《たくさん》ある。

地下深《ちかふか》くでは、マグマの動《うご》きが活発《かっぱつ》で、一九七〇年《ねん》（昭和《しょうわ》四十五年《ねん》）九月《がつ》十八日《にち》には、秋田駒ヶ岳《あきたこまがだけ》（女岳《めだけ》）が噴火《ふんか》した。

その、秋田駒ヶ岳《あきたこまがだけ》の噴火《ふんか》の時《とき》、それまで、数千万年《すうせんまんねん》と地底《ちてい》の低温地層《ていおんちそう》に、偶然《ぐうぜん》にも冷凍保存状態《れいとうほぞんじょうたい》となって眠《ねむ》っていた首長竜《くびながりゅう》の卵《たまご》が、地熱《じねつ》によって孵化《ふか》したのである。

首長竜《くびながりゅう》の卵《たまご》が、かえったのは、その駒ヶ岳近《こまがだけちか》くの地下《ちか》の水路《すいろ》だった。また、駒ヶ岳《こまがだけ》の噴火《ふんか》の衝撃《しょうげき》は、首長竜《くびながりゅう》の生《う》まれた所《ところ》と十数《じゅうすう》キロメートル離《はな》れた田沢湖《たざわこ》とを、地下水路《ちかすいろ》で繋《つな》ぐことになったのである。魚《さかな》を主食《しゅしょく》とする首長竜《くびながりゅう》は、御所湖《ごしょこ》と田沢湖《たざわこ》を行《い》き来《き》し、餌《えさ》の魚《さかな》に困《こま》ることはなかったのである。

田沢湖《たざわこ》と御所湖《ごしょこ》とが地下《ちか》で完全《かんぜん》に繋《つな》がったのは、一九九八年《ねん》（平成《へいせい》十

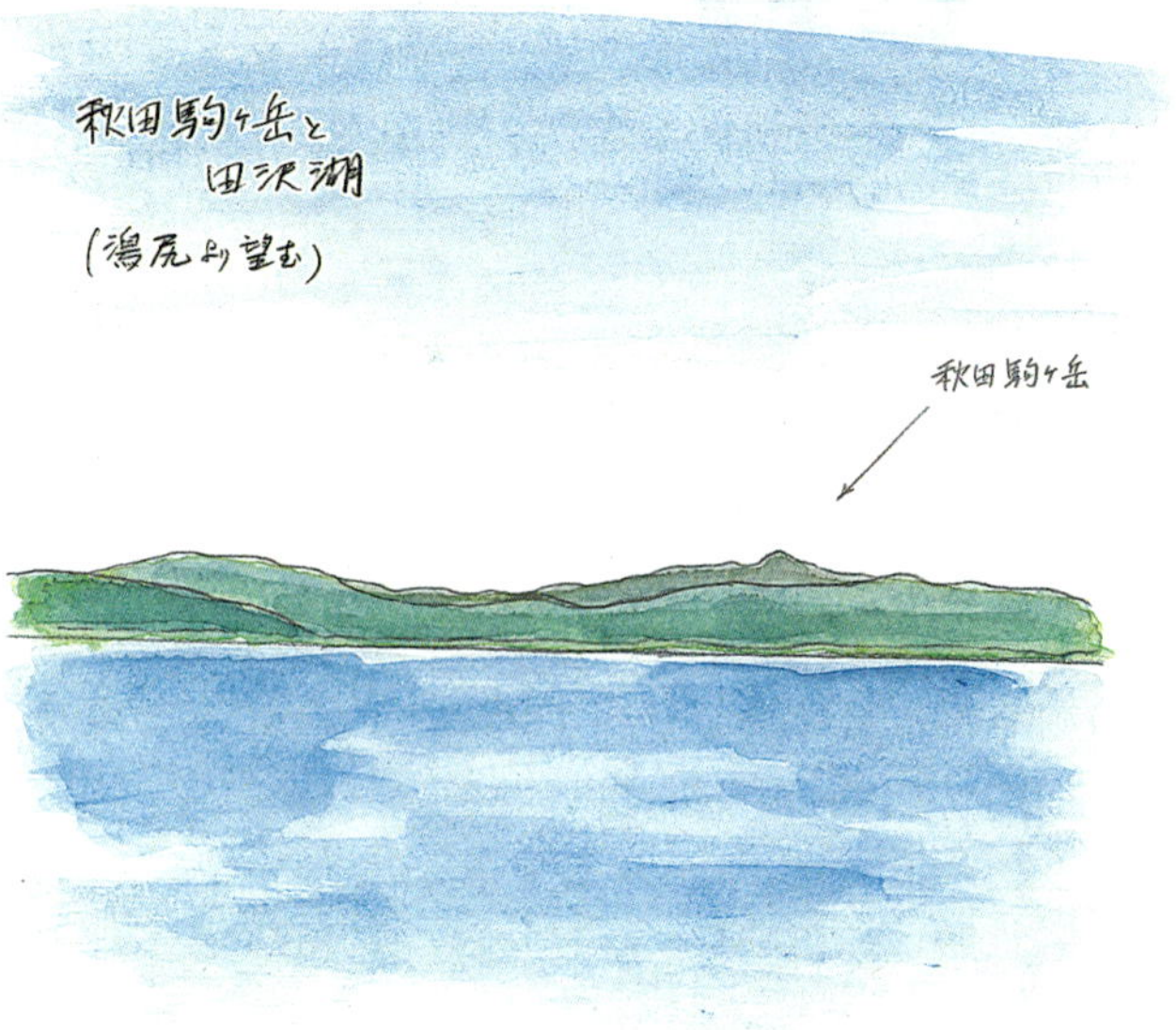

年《ねん》）九月《がつ》三日《みっか》のことであった。首長竜《くびながりゅう》は、今《いま》では五メートルほどに成長《せいちょう》していて、賢太《けんた》の前《まえ》に現《あらわ》れたのである。

第八話《だいわ》　再《ふたた》びあらわる

午前《ごぜん》六時《じ》、集合場所《しゅうごうばしょ》、御所湖《ごしょこ》の塩ヶ森水辺園地《しおがもりみずべえんち》に、全員《ぜんいん》が揃《そろ》った。徳《とく》田家《だけ》は自動車《じどうしゃ》で、祐也兄《ゆうやにい》ちゃんと正人《まさと》は、自転車《じてんしゃ》でかけつけた。賢太《けんた》と正人《まさと》は、昨夜《さくや》はあまり良《よ》く眠《ねむ》れなかったが、他《ほか》のみんなも、同《おな》じように、まだ眠《ねむ》そうな目《め》をしていた。

今《いま》の時季《じき》、〈日《ひ》の出《で》〉は、午前《ごぜん》四時《じ》半頃《はんごろ》だから、もうすっかり明《あか》るくなっている。

朝日《あさひ》の方向《ほうこう》を見《み》ると、真《ま》っ青《さお》な空《そら》も、山《やま》の緑《みどり》も、樹々《きぎ》の葉《は》も、そして水面《すいめん》、すべてが、輝《かがや》いている。吹《ふ》く風《かぜ》までも、光《ひか》っているようだ。

みんなの胸《むね》には、誇《ほこ》らしげに、隊員《たいいん》バッジが着《つ》けられていた。

この隊員《たいいん》バッジは、探検隊結成《たんけんたいけっせい》の少《すこ》し前《まえ》に、祐也兄《ゆうやにい》ちゃんが賢太《けんた》君《くん》のお母《かあ》さんに、製作依頼《せいさくいらい》したもので、当初《とうしょ》、困《こま》っていたお母《かあ》さんでしたが、意《い》を決《けっ》して、引《ひ》き受《う》けた。お母《かあ》さんは、木《き》で作《つく》ろうと考《かんが》えた。図《ず》案《あん》は賢太《けんた》の持《も》っている〈恐竜図鑑《きょうりゅうずかん》〉を参考《さんこう》にした。

木《き》で作《つく》ろうと思《おも》ったのは、同《おな》じ雫石町内《しずくいしちょうない》にある、〈どんぐりコロコロ〉と言《い》う木工製品専門店《もっこうせいひんせんもんてん》に相談《そうだん》できるからだ。

完成《かんせい》したバッジは、直径《ちょっけい》五センチメートル。木製《もくせい》で表《おもて》の絵《え》と文字《もじ》は〈焼《や》きごて〉で、押《お》されている。

賢太《けんた》と正人《まさと》は、昨日現《きのうあらわ》れた辺《あた》りの方向《ほうこう》と距離《きょり》をみんなに説明《せつめい》した。

そして愈々《いよいよ》、先《ま》ずは正人《まさと》から始《はじ》めた。

水《みず》に半分《はんぶん》つかった岩《いわ》に、手持《ても》ちの小石《こいし》を打《う》ち始《はじ》めた。

昨夜練習《さくやれんしゅう》をした祐也兄《ゆうやにい》ちゃんと智美姉《ともみねえ》ちゃんと相談役《そうだんやく》の二人《ふたり》は、正人《まさと》の打《う》ち方《かた》を、じっと見《み》ていた。

コチラ　ケンタ　コチラ　ケンタ

……昨日《きのう》教《おそ》わった通《とお》りだ…。

まだ自分用《じぶんよう》の小石《こいし》を持《も》っていない四人《にん》は辺《あた》りを見回《みまわ》し、自分《じぶん》の好《この》みの小石《こいし》を探《さが》した。なかなか気《き》に入《い》ったのが見《み》つからなかったので、とりあえず、手《て》ごろな大《おお》きさのを選《えら》び拾《ひろ》った。

順番《じゅんばん》に一人《ひとり》ずつ打《う》った。とにかく続《つづ》けた。

コチラ　ケンタ　コチラ　ケンタ
一体《いったい》、何《なに》をしてるんだろうと、よその人《ひと》が見《み》たら、変《へん》に思《おも》うだろうな……。

誰《だれ》もが、そんな気持《きも》ちだった。

一時間も経ったただろうか、打っている智美姉《ともみねえ》ちゃんの声《こえ》で、一斉《いっせい》に湖《こ》面《めん》を見《み》た。

現《あらわ》れた！　賢太《けんた》と正人《まさと》は、

「あれです。あれです」

と、声《こえ》を殺《ころ》して、ゆび指《さ》した。

「昨日《きのう》より少《すこ》し遠《とお》いかな」

やはり横《よこ》に動《うご》いている。

完全《かんぜん》には信《しん》じていなかった他《ほか》の四人《にん》も、もう、この事実《じじつ》を目《ま》の当《あた》りにして、直立不動《ちょくりつふどう》のまま、じっと、怪物《かいぶつ》の頭《あたま》の動《うご》きを見《み》ていた。

いつの間《ま》にか智美姉《ともみねえ》ちゃんは、打《う》つのを止《や》め、水辺《みずべ》から離《はな》れていた。

それに気《き》づいた賢太《けんた》は急《いそ》いで自分《じぶん》で打《う》った。

首長竜《くびながりゅう》は、一定《いってい》の距離《きょり》を保《たも》ちながら、横《よこ》に移動《いどう》している。

交代《こうたい》で双眼鏡《そうがんきょう》を手《て》にした。お父《とう》さんは、カメラを向《む》けていた。

やがて首長竜《くびながりゅう》は潜《もぐ》ってしまった。現《あらわ》れていた時間《じかん》は、長《なが》く思《おも》えたが、実際《じっさい》には数分《すうふん》の出来事《できごと》だった。
隊員全員《たいいんぜんいん》、同時《どうじ》に見《み》たのだ。それも、この現代《げんだい》に、恐竜時代《きょうりゅうじだい》の首長《くびなが》竜《りゅう》を見《み》たのだ。
賢太《けんた》が、図鑑《ずかん》で調《しら》べておいた中世代白亜紀《ちゅうせいだいはくあき》の首長竜《くびながりゅう》が、今《いま》の時代《じだい》に現《あらわ》れたのだ。

豆知識《まめちしき》

新生代	第三紀		6,550万年前
中生代	白亜紀	後期	9,960万年前
		前期	1億4,550万年前
	ジュラ紀	後期	1億6,120万年前
		中期	1億7,560万年前
		前期	1億9,960万年前
	三畳紀	後期	2億2,800万年前
		中期	2億4,500万年前
		前期	2億5,100万年前
古生代	ペルム紀	後期	2億6,040万年前
		中期	2億7,060万年前
		前期	2億9,900万年前
	石炭紀	後期	3億1,810万年前
		前期	3億5,920万年前

第《だい》九話《わ》　警察《けいさつ》と消防《しょうぼう》へ報告《ほうこく》

全員《ぜんいん》が首長竜《くびながりゅう》を見《み》た当日《とうじつ》、相談役《そうだんやく》の二人《ふたり》は役場《やくば》へ行《い》こうとしたが、土《ど》曜日《ようび》だったので、雫石警察署《しずくいしけいさつしょ》に出向《でむ》いた。

窓口《まどぐち》に居《い》た男性《だんせい》に、

「あのー、びっくりしないで下《くだ》さい。事件《じけん》です。御所湖《ごしょこ》に首長竜《くびながりゅう》が出現《しゅつげん》しました。泳《およ》いでいました。今朝《けさ》のことです」

受付《うけつけ》の男性《だんせい》は、きょとんとして、

「どちらさんですか？」

「ハイ、町内《ちょうない》の徳田商店《とくたしょうてん》の徳田《とくた》です。こちらは家内《かない》です」

「もう一度《いちど》おっしゃって下《くだ》さい」

「ハイ、町内《ちょうない》の――」

「いやいや、その前《まえ》の話《はな》しです」

「ハイ！　信《しん》じられないかも知《し》れませんが、この御所湖《ごしょこ》に、首長竜《くびながりゅう》が現《あらわ》れたんです！」

さっきのときより、受付《うけつけ》の男性《だんせい》は、うわずった声《こえ》になっていた。

「ほー」

と、だけ言《い》った。

そして、

「お待《ま》ち下《くだ》さい」

と、言《い》って、奥《おく》の室《へや》に行《い》った。

少《すこ》しして、連《つ》れてきた別《べつ》の男性《だんせい》から、さっき話《はな》したことを、また聞《き》かれた。

熱《ねつ》を込《こ》めて説明《せつめい》したが、この男性《だんせい》も表情《ひょうじょう》を変《か》えなかった。

「では、この用紙《ようし》に、状況《じょうきょう》を書《か》いて下《くだ》さい。日時《にちじ》も記入《きにゅう》して下《くだ》さい」

と、言《い》われ、お父《とう》さんは用紙《ようし》に書《か》いた。

「一応《いちおう》、〈届出書《とどけでしょ》〉は受理《じゅり》しました。警察《けいさつ》でも調査《ちょうさ》いたします」

相談役《そうだんやく》の二人《ふたり》は、本気《ほんき》にされなかったと察《さっ》し、役場《やくば》にも警察《けいさつ》から連絡《れんらく》をしておいて下《くだ》さいと伝《つた》えただけで、ここは帰《かえ》ることにした。

その足《あし》で、今度《こんど》は、雫石消防署《しずくいししょうぼうしょ》に向《む》かった。事務室《じむしつ》の窓口《まどぐち》には、男性《だんせい》が二人居《ふたりい》た。

「お邪魔《じゃま》します。私《わたし》は徳田《とくた》と申《もう》します。これは、うちのカミさんです。実《じつ》は、今警察《いまけいさつ》に行《い》ってきたのですが、こちらにも、お報《しら》せした方《ほう》が良《よ》いと思《おも》って参《まい》りました。先《ま》ずは、信《しん》じられないと思《おも》いますが、本当《ほんとう》のことですので……、実《じつ》はですね、今朝《けさ》、私《わたし》も直《じか》に見《み》たのですが、ここの御所《ごしょ》湖《こ》に、大昔《おおむかし》にいた首長竜《くびながりゅう》が居《い》たんです。今朝《けさ》の七時頃《じごろ》見《み》たんです。しかも六人全員《にんぜんいん》が同時《どうじ》に確認《かくにん》しました。世紀《せいき》の大発見《だいはっけん》です。息子《むすこ》は、今《いま》まで何度《なんど》か見《み》たのですが、今日《きょう》私《わたし》も家内《かない》も確認《かくにん》できました」

身振《みぶ》り手振《てぶ》りを交《まじ》えて話《はな》した。

二人《ふたり》の消防署員《しょうぼうしょいん》は、目《め》を丸《まる》くして聞《き》いていたが、口《くち》を真一文字《まいちもんじ》にして、二人《ふたり》とも、

「うーん」

と、うなって、

「消防《しょうぼう》としても、警察《けいさつ》の方《ほう》と連絡《れんらく》をとって、対処《たいしょ》したいと思《おも》います」

と、やっぱり困惑《こんわく》したような感《かん》じの返事《へんじ》であった。

帰《かえ》り際《ぎわ》、

「一応《いちおう》、役場《やくば》にも、消防署《しょうぼうしょ》から報告《ほうこく》してて下《くだ》さい」

と、こちらから、お願《ねが》いした。

第《だい》十話《わ》　田沢湖《たざわこ》へ行《ゆ》く

警察《けいさつ》に知《し》らせても、消防《しょうぼう》に知《し》らせても、全《まった》く信用《しんよう》されなかったため、雫石町役場《しずくいしちょうやくば》へ行《い》っても同《おな》じ対応《たいおう》をされると思《おも》われた。もう一度《いちど》しっかり確《たし》かめて、さらには完全《かんぜん》な証拠《しょうこ》をつかまないといけないと考《かんが》え、翌日《よくじつ》、今度《こんど》は田沢湖《たざわこ》へ向《む》かった。

きっと田沢湖《たざわこ》でも現《あらわ》れるに違《ちが》いないとの思《おも》いと、隊員《たいいん》の好奇心《こうきしん》、探検目的《たんけんもくてき》もあった。

雫石町《しずくいしちょう》から秋田県《あきたけん》の田沢湖《たざわこ》までは、自動車《じどうしゃ》で約《やく》五十分《ぷん》、今日《きょう》の探検隊《たんけんたい》は、運転《うんてん》のお父《とう》さんと賢太《けんた》と正人《まさと》と祐也兄《ゆうやにい》ちゃんの四人《にん》だ。

田沢湖《たざわこ》に到着《とうちゃく》し、花火大会《はなびたいかい》に来《き》たときの白浜《しらはま》で、さっそく水辺《みずべ》にある岩《いわ》を探《さが》した。

先日御所湖《せんじつごしょこ》で撮《と》った写真《しゃしん》は、距離《きょり》が離《はな》れていたことや逆光《ぎゃっこう》だったことで、不鮮明《ふせんめい》だった。だから警察《けいさつ》や消防《しょうぼう》に持参《じさん》したときも、写真《しゃしん》については、説得力《せっとくりょく》が弱《よわ》かったようだ。

今度《こんど》は、望遠《ぼうえん》レンズ付《つ》きカメラと動画撮影《どうがさつえい》のビデオカメラを用意《ようい》した。ビデオカメラは、祐也兄《ゆうやにい》ちゃんが既《すで》に三脚《さんきゃく》に取《と》りつけ準備完了《じゅんびかんりょう》。

全員《ぜんいん》が同《おな》じ調子《ちょうし》になるように注意《ちゅうい》して、モールス信号《しんごう》を十分交代《じゅっぷんこうたい》で打《う》った。

御所湖《ごしょこ》と違《ちが》って、ここは広《ひろ》くて深《ふか》い。はたして現《あらわ》れるだろうか。ぜひ、存在《そんざい》の確認《かくにん》をして帰《かえ》りたい。期待《きたい》に胸《むね》が、ふくらんだ。

しかし、現《あらわ》れるとしたら、なぜ、御所湖《ごしょこ》と田沢湖《たざわこ》に現《あらわ》れるんだろう？

おのおの三回位《さんかいぐらい》、交代《こうたい》しただろうか。

遠方《えんぼう》の湖面《こめん》に動《うご》くものが見《み》えた。

アッ！　ついに現《あらわ》れた。やはりモールス信号《しんごう》に反応《はんのう》したとしか考《かんが》えられません。

あわてず、騒《さわ》がず、と事前《じぜん》に打《う》ち合《あ》わせをしていたが、もう大変《たいへん》、心《こころ》の中《なか》はパニック状態だ。

カシャカシャ、カメラのシャッターを切る。

ビデオカメラは、しっかりお父《とう》さんが回している。みんな無言《むごん》で作《さ》業《ぎょう》を続《つづ》けた。

賢太《けんた》は、もう名前《なまえ》を〈タザワリュウ〉と決《き》めた。

双眼鏡《そうがんきょう》で見《み》ていると、大《おお》きさ、肌色《はだいろ》、動《うご》き方《かた》や雰囲気《ふんいき》が、ゴショリュウとそっくりだ。同《おな》じ個体《こたい》なら、なぜ、両方《りょうほう》の湖《みずうみ》に出《で》るのか。しかも、なぜ、この時代《じだい》に、七千万年《せんまんねん》ほど前《まえ》に生《い》きていた首長《くびなが》竜《りゅう》が出《で》るのか。謎《なぞ》はどんどん深《ふか》まるばかり。

一度水《いちどみず》に潜《もぐ》った竜《りゅう》は、今度《こんど》は水面《すいめん》に大《おお》きく跳《は》ね上《あ》がった。前《まえ》ビレも

ある。

まさに図鑑《ずかん》に載《の》っている〈フタバスズキリュウ〉そのものだったのである。

タザワリュウは、姿《すがた》を現《あらわ》してから、ほどなくして消《き》えてしまった。モールス信号《しんごう》を打《う》ち続《つづ》け、いくら待《ま》っても、その後《ご》、現《あらわ》れなかったのは、ゴショリュウと同《おな》じ。

でも、今度《こんど》は、写真《しゃしん》もビデオも、バッチリ撮《と》れたから、確実《かくじつ》に証明《しょうめい》も説得《せっとく》も出来《でき》る。

今回《こんかい》の最大《さいだい》の収穫《しゅうかく》は、田沢湖《たざわこ》にも現《あらわ》れたことの確認《かくにん》と、その映像記録《えいぞうきろく》をとれたことである。

帰《かえ》りの車《くるま》の中《なか》は、大《おお》はしゃぎとなった。

何回《なんかい》も何回《なんかい》も、ビデオを再生《さいせい》して見《み》た。

お父《とう》さんは、運転《うんてん》をしながら思《おも》った。

「ゴショリュウとタザワリュウが、あんなに似《に》ており、同《おな》じ首長竜《くびながりゅう》ということは、御所湖《ごしょこ》と田沢湖《たざわこ》は地下《ちか》で繋《つな》がっているとしか考《かんが》えられない」

豆知識《まめちしき》　フタバスズキリュウ

フタバスズキリュウは、1968年《ねん》（昭和《しょうわ》43年《ねん》）に、福島県《ふくしまけん》いわき市《し》で、当時《とうじ》、高校生《こうこうせい》だった鈴木直《すずきただし》さんによって発見《はっけん》された白亜紀後期《はくあきこうき》の首長竜《くびながりゅう》。

全身《ぜんしん》の骨格模型《こっかくもけい》は、福島県《ふくしまけん》いわき市《し》の〈いわき市《し》石炭《せきたん》・化石館《かせきかん》〉と、会津若松市《あいづわかまつし》の〈福島県立博物館《ふくしまけんりつはくぶつかん》〉、それに、東京上野《とうきょううえの》の〈国立科学博物館《こくりつかがくはくぶつかん》〉に展示《てんじ》されている。

豆知識《まめちしき》 田沢湖《たざわこ》について

所《しょ》在《ざい》地《ち》	秋田県仙北市《せんぼくし》
面《めん》積《せき》	25.8平方《へいほう》キロメートル
周《しゅう》囲《い》長《ちょう》	20キロメートル
最《さい》大《だい》水《すい》深《しん》	423.4メートル
平《へい》均《きん》水《すい》深《しん》	280メートル
貯《ちょ》水《すい》量《りょう》	7.20立方《りっぽう》キロメートル
水面《すいめん》の標高《ひょうこう》	249メートル
成《せい》因《いん》	不明《ふめい》・淡水《たんすい》、湖沼型《こしょうがた》
透《とう》明《めい》度《ど》	4.0メートル

日本《にっぽん》の湖《みずうみ》、深《ふか》さくらべ（ベスト10）

	湖沼名《こしょうめい》	最大水深《さいだいすいしん》	所在地《しょざいち》
1	田沢湖（たざわこ）	423.4m	秋田県
2	支笏湖（しこつこ）	360.1m	北海道
3	十和田湖（とわだこ）	326.8m	青森県、秋田県
4	池田湖（いけだこ）	233.0m	鹿児島県
5	摩周湖（ましゅうこ）	211.4m	北海道
6	洞爺湖（とうやこ）	180.0m	北海道
7	中禅寺湖（ちゅうぜんじこ）	163.0m	栃木県
8	倶多楽湖（くったらこ）	148.0m	北海道
9	本栖湖（もとすこ）	122.0m	山梨県
10	屈斜路湖（くっしゃろこ）	117.0m	北海道

第《だい》十一話《わ》　首長竜全体像《くびながりゅうぜんたいぞう》

御所湖《ごしょこ》でも確実《かくじつ》な記録《きろく》を撮《と》ろうと、みんなで相談《そうだん》の結果《けっか》、今度《こんど》は対岸《たいがん》の小高《こだか》い丘《おか》からカメラを向《む》けることにし、場所《ばしょ》は旅館《りょかん》〈湖山荘《こざんそう》〉の庭園《ていえん》を選《えら》んだ。

湖面《こめん》から数《すう》十メートルは高《たか》い位置《いち》にあり、御所湖《ごしょこ》のかなりの範囲《はんい》が眺《なが》められる。

隊長《たいちょう》は、呼《よ》び込《こ》む係《かかり》と撮影《さつえい》する係《かかり》を決《き》め指示《しじ》した。

晴《は》れて風《かぜ》もおだやかなこの日《ひ》の午前《ごぜん》九時前《じまえ》のこと、下《した》の湖岸《こがん》には二人《ふたり》、丘《おか》の上《うえ》では三人《にん》が、配置《はいち》に着《つ》いた。打《う》ち合《あ》わせ通《どお》り、九時《じ》の時報《じほう》と同時《どうじ》に、モールス信号《しんごう》を発《はっ》した。打《う》つのは、祐也兄《ゆうやにい》ちゃんと智美姉《ともみねえ》ちゃんが担当《たんとう》。丘《おか》の上《うえ》には、お父《とう》さんと賢太《けんた》と正人《まさと》が待機《たいき》。

その日《ひ》は、競技用《きょうぎよう》ボートクラブの活動《かつどう》が入《はい》っていて、盛《さか》んに漕艇《そうてい》の練《れん》

習《しゅう》をしていた。
四人乗《にんの》りのボート、二人《ふたり》乗《の》りのボートとも、流線形《りゅうせんけい》で色彩《しきさい》デザインも美《うつく》しい。
岸《きし》から三〇〇メートル位《ぐらい》の距離《きょり》のところで、二艘《そう》の

四人乗《にんの》りボートは、競《きそ》ってオールをこいでいる。心《こころ》の中《なか》で声援《せいえん》を送《おく》りながら打《う》っていた祐也《ゆうや》は、ある異変《いへん》に気《き》づいた。突《とつ》然《ぜん》、水面《すいめん》が盛《も》り上《あ》がったと思《おも》ったら、その上《うえ》の一艘《いっそう》のボートが、アッという間《ま》に転覆《てんぷく》したではないか。

祐也兄《ゆうやにい》ちゃんと智美姉《ともみねえ》ちゃんは、何《なに》が起《お》きたのか、よく分《わ》からなかったが、ボートが、ひっくり返《かえ》ったのに驚《おどろ》いた。

双眼鏡《そうがんきょう》で見《み》ていると、ボートから投《な》げ出《だ》された四人《にん》は、仲間《なかま》の艇《ふね》に助《たす》けられ、全員無事《ぜんいんぶじ》のよう。あー良《よ》かった！

なんと、丘《おか》の上《うえ》では、今《いま》までの状況《じょうきょう》が見《み》えており、転覆《てんぷく》した理由《りゆう》も分《わ》かっていた。

それは、進《すす》むボートの真下《ました》を、ほぼ十字《じゅうじ》にゴショリュウが横切《よこぎ》ったためで、水面《すいめん》が急《きゅう》に盛《も》り上《あ》がり、ボートの姿勢《しせい》が不安定《ふあんてい》となり転覆《てんぷく》したのだ。

一瞬《いっしゅん》だったので、ゴショリュウの写真《しゃしん》は撮《と》れなかったが、転覆《てんぷく》したボートと人《ひと》の様子《ようす》は何枚《なんまい》も撮《と》れた。

お父《とう》さんは、しっかりビデオカメラを回《まわ》していたので、ゴショリュウの姿《すがた》も捕《と》らえた。

ボート部員《ぶいん》は、なぜ、ひっくり返《かえ》ったのか多分《たぶん》わかっていないのでしょう。その証拠《しょうこ》に、他《た》のボートは、何事《なにごと》も無《な》かったように、また普通《ふつう》に練《れん》習《しゅう》を始《はじ》めた。

隊員《たいいん》の五人《にん》は、連絡《れんらく》をとりあって、ここはまずい、場所《ばしょ》を変《か》えようということになった。もし、怪我人《けがにん》が出《で》たら、大変《たいへん》なことになる。

三十分後《ぷんご》、いつもの場所《ばしょ》に移動《いどう》した。

再度《さいど》そこで、モールス信号《しんごう》を発《はっ》してみた。約《やく》三十分《ぷん》経過《けいか》したころ、再《ふたた》び現《あらわ》れた。ありがとう、うれしい！

いつものように、遠《とお》くの水面《すいめん》に、頭《あたま》を出《だ》して、やはり横《よこ》に移動《いどう》していく。

次《つぎ》の瞬間《しゅんかん》、アッと一斉《いっせい》に五人《にん》の声《こえ》が上《あ》がった。眼《め》を疑《うたが》う光景《こうけい》が写《うつ》った。

もう一頭《いっとう》の首長竜《くびながりゅう》がいるではないか。いつものヤツより、少《すこ》し小《ちい》さいが、確《たし》かに、首長竜《くびながりゅう》だ。又《また》またの凄《すご》い発見《はっけん》に一同《いちどう》は顔《かお》を見合《みあ》わせた。

第《だい》十二話《わ》　役場《やくば》へ報告《ほうこく》

探検隊《たんけんたい》のメンバーは、雫石町役場《しずくいしちょうやくば》を訪《おとず》れた。

最初《さいしょ》、玄関《げんかん》の〈総合案内《そうごうあんない》〉に行《い》ったところ、総務課《そうむか》に案内《あんない》された。

自己紹介後《じこしょうかいご》、念《ねん》のため、先《ま》ず聞《き》いてみた。

「最近《さいきん》、警察《けいさつ》と消防《しょうぼう》の方《ほう》から、首長竜《くびながりゅう》とか何《なに》かの連絡《れんらく》は、ありませんでしたか」

「いや、何《なに》も連絡《れんらく》は、入《はい》っていませんが」

（…やはりなっ……）

持《も》ってきた写真《しゃしん》を職員《しょくいん》に見《み》せながら、首長竜《くびながりゅう》を見《み》たことの報告《ほうこく》をした。

さぁ大変《たいへん》!

大《おお》あわての総務課長《そうむかちょう》は、町長室《ちょうちょうしつ》へ駆《か》けこみ、そして、六人《にん》は町長室《ちょうちょうしつ》へ通《とお》された。

今度《こんど》は写真《しゃしん》のほかに、録画《ろくが》したビデオをテレビにつないで、町長始《ちょうちょうはじ》め居《い》た人《ひと》に見《み》せた。

田沢湖《たざわこ》で撮《と》ったときのは、ハッキリ写《うつ》っていたが、御所湖《ごしょこ》で撮《と》ったのは、ボートの下《した》をすーっと移動《いどう》する、大《おお》きな黒《くろ》い影《かげ》にしか見《み》えません。でも、直後《ちょくご》ボートが転覆《てんぷく》した状況《じょうきょう》と結《むす》びつけて説明《せつめい》が出来《でき》た。それに、その後写《あとうつ》っていた、二頭《とう》の首長竜《くびながりゅう》も、望遠《ぼうえん》レンズで撮《と》られていたため、はっきり確認《かくにん》できた。

これは、大事件《だいじけん》だと、町長《ちょうちょう》は早速《さっそく》、部長《ぶちょう》、課長《かちょう》に緊急招集《きんきゅうしょうしゅう》をかけた。間《ま》もなく集《あつ》まった部課長《ぶかちょう》に、再《ふたた》び映像《えいぞう》を見《み》せながら、これまでのいきさつを説明《せつめい》した。

みんな、疑《うたが》いつつも信《しん》じた。

「いつから居《い》たんだ」

「人《ひと》は、襲《おそ》われる危険《きけん》はないのか」

「田沢湖《たざわこ》の方《ほう》には知《し》らせたのか」

「誰《だれ》かのイタズラではないのか」

「自衛隊《じえいたい》を呼《よ》ぶのが一番《いちばん》だ」

「網《あみ》を張《は》れ」

「いや、まだ早《はや》い」

「マスコミには、どうする」

等々《などなど》、どう対応《たいおう》すべきか分《わ》からず、会議室《かいぎしつ》は、てんやわんやの大騒《おおさわ》ぎとなった。

いろいろ意見《いけん》が出《で》つくしたころ、町長《ちょうちょう》は一《ひと》つ、決断《けつだん》をした。それは、庁舎内《ちょうしゃない》から、十人《じゅうにん》ばかり選《えら》び、今回《こんかい》の事件《じけん》に当《あ》たらせるということだった。

関係各方面《かんけいかくほうめん》への連絡《れんらく》と対処《たいしょ》だけでも、山《やま》ほどある。監視《かんし》、警戒《けいかい》、捜索《そうさく》、安全対策等《あんぜんたいさくなど》も、大《おお》きな課題《かだい》だ。

何《なに》よりも、もっと詳《くわ》しい探索《たんさく》をするべきとの意見《いけん》が強《つよ》く、真《ま》っ先《さき》に決《き》められたのは、監視《かんし》カメラの設置《せっち》。撮影機材《さつえいきざい》を緊急購入《きんきゅうこうにゅう》し、見通《みとお》しの良《よ》い湖畔《こはん》に設置《せっち》することになった。

庁舎玄関《ちょうしゃげんかん》には、職員《しょくいん》により早《はや》くも、看板《かんばん》が掛《か》けられた。

〈首長竜出現対策本部《くびながりゅうしゅつげんたいさくほんぶ》〉

第《だい》十三話《わ》　探検隊会議《たんけんたいかいぎ》

報告《ほうこく》に行《い》ってから、役場内《やくばない》の動向《どうこう》の一部始終《いちぶしじゅう》を見《み》ていた六人《にん》の探検隊《たんけんたい》員《いん》は、これは一大事《いちだいじ》だと思《おも》った。こんなにも騒《さわ》いで、これから大《おお》がかりな捜索《そうさく》が始《はじ》まれば、当然《とうぜん》ゴショリュウは捕《と》らえられ、その後《ご》どうなるか、わかったものではない。そのことが心配《しんぱい》となり、役場《やくば》へ報《しら》せたことが、はたして良《よ》かったのかどうか、後悔《こうかい》の念《ねん》も生《う》まれた。

しかし、報《しら》せてしまったから、もう後《あと》には戻《もど》れない。そのため、今後《こんご》どうしたものか、最善《さいぜん》の方法《ほうほう》を考《かんが》えなくてはと、隊員《たいいん》六人《にん》は、帰《かえ》って緊《きん》急会議《きゅうかいぎ》を開《ひら》くことにした。

賢太《けんた》の家《いえ》へ集《あつ》まった六人《にん》は、さっそく、会議《かいぎ》を始《はじ》めた。

ゴショリュウを捕《と》らえて、いろいろ調《しら》べてみたいのは、山々《やまやま》だが、殺《ころ》されてしまうかも知《し》れないと思《おも》うと、可哀相《かわいそう》でならなかった。

六人《にん》とも、同《おな》じ考《かんが》えであった。

議論《ぎろん》が続《つづ》いたあと、しばらくして、賢太《けんた》が発言《はつげん》した。

「図鑑《ずかん》によると、首長竜《くびながりゅう》は、魚《さかな》しか食《た》べません。だから、そのことを信《しん》じて考《かんが》えると、人《ひと》は襲《おそ》いません」

「そうだ、よし！」

きしくも、みんな、ひとつの同《おな》じ考《かんが》えに至《いた》った。

それは、ゴショリュウを、このまま、そっとしておいてやろう。その方《ほう》が良《よ》い、断然良《だんぜんよ》い、それが最善《さいぜん》だ、ということ。

だからもう、モールス信号《しんごう》も、発信《はっしん》しないようにしよう。

少年探検隊員《しょうねんたんけんたいいん》は、この事《こと》を固《かた》く申《もう》し合《あ》わせた。

幸《さいわ》い、役場《やくば》にも、どこにも、モールス信号《しんごう》のことは、話《はな》していなかったから、もう現《あらわ》れることも、捕《つか》まることもないだろう、と願《ねが》った。

「これからは、探検隊《たんけんたい》は、〈ゴショリュウ〉の味方《みかた》だぁ」

賢太《けんた》の声《こえ》に、みんな、うなずいた。

「そういえば、もう一頭《いっとう》いたが、名前《なまえ》を何《なん》としよう」

祐也兄《ゆうやにい》ちゃんが言《い》った。

「正人君《まさとくん》、ひとつ考《かんが》えてみてくれないか」

「エッ」と言《い》いながら、正人《まさと》は「うーん」と、うなって、そのまま数分《すうふん》がたった。

「発表《はっぴょう》しまーす。でも、自信《じしん》がないなぁ。白亜紀《はくあき》の首長竜《くびながりゅう》だから〈ハクアリュウ〉、これはどうですか」

「オッ、いいなぁ」と、みんな言《い》って、即《そく》、その名前《なまえ》で決定《けってい》した。

第《だい》十四話《わ》　大騒動《おおそうどう》

パトカーや消防車《しょうぼうしゃ》が、サイレンを鳴《な》らして行《ゆ》き交《か》っている。

屋外《おくがい》向《む》けの防災放送《ぼうさいほうそう》は、大音量《だいおんりょう》で

「湖《みずうみ》に近《ちか》づかないで下《くだ》さい。危険《きけん》ですから、湖《みずうみ》での活動《かつどう》は、一切禁止《いっさいきんし》です」

そんな内容《ないよう》のことを、繰《く》り返《かえ》し繰《く》り返《かえ》し、叫《さけ》んでいる。

御所湖周辺《ごしょこしゅうへん》は、大騒《おおさわ》ぎになった。

あちこちで、消防団《しょうぼうだん》が分団《ぶんだん》ごとに、揃《そろ》いのハッピを着《き》て、何人《なんにん》かは、無線機《むせんき》を手《て》にして右往左往《うおうさおう》している。

うわさを聞《き》きつけた、雫石町内外《しずくいしちょうないがい》の人々《ひとびと》が自動車《じどうしゃ》で駆《か》けつけたものだから、道路《どうろ》は渋滞《じゅうたい》し、駐車場《ちゅうしゃじょう》も満杯《まんぱい》となり、勝手《かって》に、道路端《どうろっぱた》に駐《と》めている車《くるま》もある。警察《けいさつ》も、もう、どうすることもできないようだ。

岸《きし》の近《ちか》くに立《た》ち並《なら》ぶ人々《ひとびと》は、腕組《うでぐ》みなどをして、湖《みずうみ》の遠《とお》くや近《ちか》くを、じっと眺《なが》めている。

役場内《やくばない》の〈首長竜出現対策本部《くびながりゅうしゅつげんたいさくほんぶ》〉には、新聞社《しんぶんしゃ》やテレビ局《きょく》からの報《ほう》

道陣《どうじん》が、多勢《たぜい》、詰《つ》めかけていて、新《あたら》しい情報《じょうほう》はないかと、ここも大騒動《おおそうどう》になっている。

　監視《かんし》カメラも設置途中《せっちとちゅう》だが、どこも取付《とりつ》けの土台《どだい》やポールに困《こま》り、しかたなく、見通《みとお》しの良《よ》いところの立木《たちき》の幹《みき》に、くくりつけているところもある。なにしろ、大急《おおいそ》ぎの作業《さぎょう》で、湖《みずうみ》を管《かん》理《り》する国土交通省《こくどこうつうしょう》の御所湖管理《ごしょこかんり》所《じょ》は、二艘《そう》のモーターボートを用意《ようい》し、ボートには〈魚群探知《ぎょぐんたんち》機《き》〉が、取《と》り付《つ》けられた。

　水中《すいちゅう》の生《い》きものを、レーダーによって映《うつ》し出《だ》す作戦《さくせん》で、モーターボートが、いよいよ捜索《そうさく》を開始《かいし》した。

　しばらくして、

「こちら、A-1地点《ちてん》、異状《いじょう》なし」

「こちら、B-1地点《ちてん》、異状《いじょう》なし」

それぞれのボートから、対策《たいさく》本部《ほんぶ》へ、無線《むせん》で報告《ほうこく》が入《はい》る。

「了解《りょうかい》」

と、返事《へんじ》をする。

また、しばらくすると、

「こちらA‐2地点《ちてん》、異状《いじょう》なし」

「了解《りょうかい》」

同《おな》じように、別《べつ》のボートからも、B‐2地点《ちてん》異状《いじょう》なし」、の報告《ほうこく》が入《はい》ってくる。

七十地点《ななじゅうちてん》を、二艘《にそう》のボートで探索《たんさく》するので、それぞれが半《はん》分《ぶん》の三十五地点《ちてん》を調《しら》べる。探索《たんさく》は順調《じゅんちょう》に進《すす》んでいるようだ。

すると、「居《い》た！　見《み》つけた！」一艘《そう》のボートのレーダー画面《がめん》に反応《はんのう》があった。湖《みずうみ》の底《そこ》の方《ほう》にいる大《おお》きな生《い》きものを、レーダーが捕《と》らえたのだ。

ゆっくりと泳《およ》いでいる姿《すがた》に、ボートも速度《そくど》を合《あ》わせた。

直《す》ぐに、報告《ほうこく》が入《はい》る。

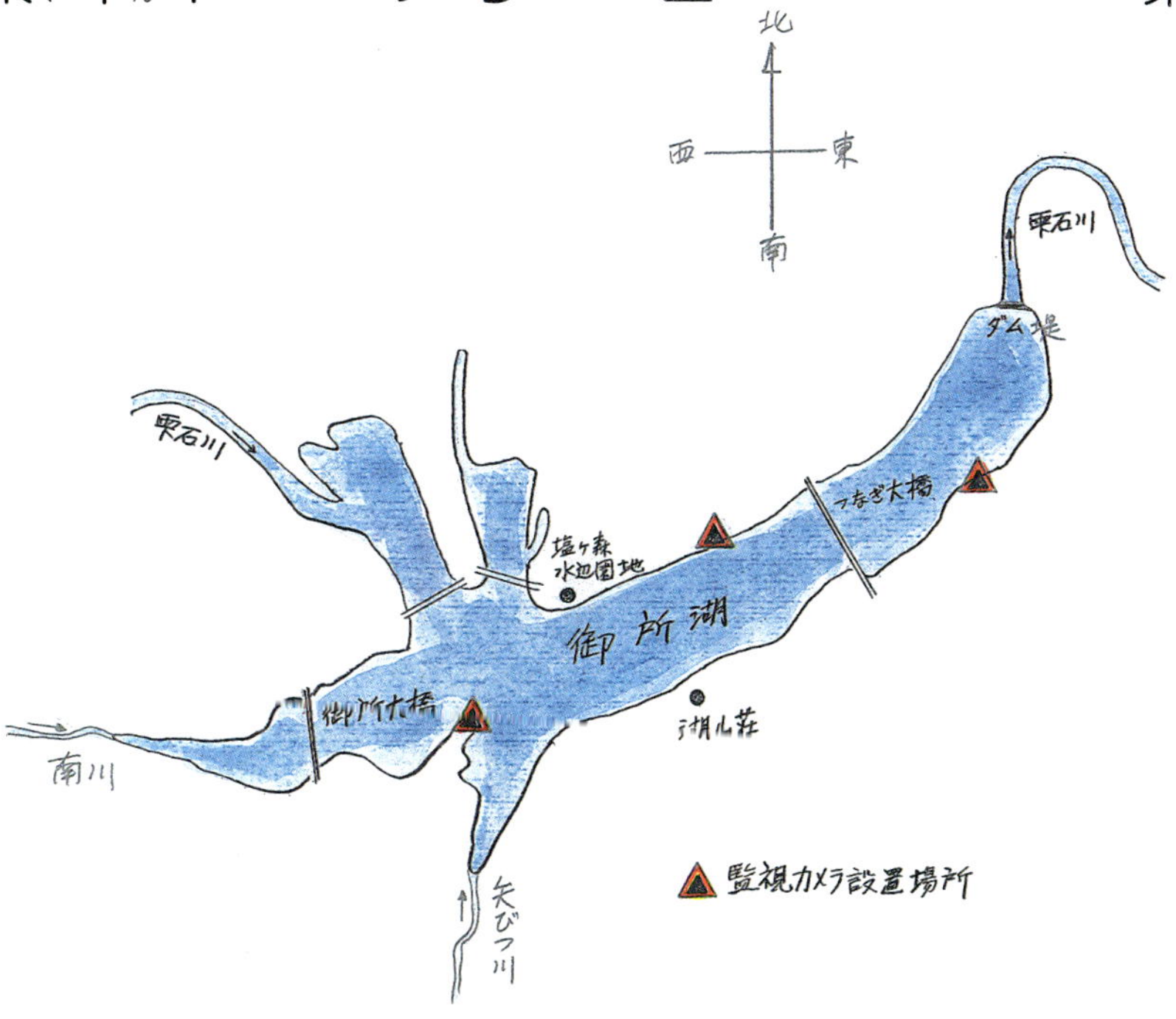

「対策本部《たいさくほんぶ》へ、只今《ただいま》、Ａ‐18地点《ちてん》で、湖底《こてい》を移動《いどう》する大《おお》きな生《い》きものを発見《はっけん》、目下《もっか》、追跡中《ついせきちゅう》です」

報告《ほうこく》する声《こえ》は、震《ふる》えている。

「見失《みうしな》わないよう、慎重《しんちょう》に行《い》ってくれ。アッそれから、怪物《かいぶつ》に刺激《しげき》を与《あた》えないようになっ」

「了解《りょうかい》しました」

少《すこ》しして、

「あっ、曲《ま》がった」

ボートも、進路《しんろ》を曲《ま》げた。必死《ひっし》に追跡《ついせき》する。

ずーっと追《お》っていたが、「あれあれ？」画面《がめん》に写《うつ》っている大《おお》きな固《かた》まりが広《ひろ》がった。「あれあれ？」今度《こんど》は、細《こま》かく散《ち》らばった
「なんだなんだ、これは」

御所湖《ごしょこ》に詳《くわ》しい乗員《じょういん》の一人《ひとり》が、

「あれは、鯉《こい》です。さっきまで群《むれ》をなして泳《およ》いでた鯉《こい》です。それが、散《ち》らばったのです」

「なぁんだ」

がっかりしたレーダーの係《かかり》は、対策本部《たいさくほんぶ》へ連絡《れんらく》した。

「すみません、今《いま》のは鯉《こい》の群《むれ》でした。スミマセン、間違《まちが》いです。取《と》り消《け》

しです」

更《さら》に捜索《そうさく》は続《つづ》いた。Ｂ-27地点《ちてん》にさしかかった時《とき》です。さっきとは別《べつ》のボートのレーダーに反応《はんのう》があった。

またも大《おお》きな物体《ぶったい》で、やはり、ゆっくり泳《およ》いでいる。今度《こんど》は、鯉《こい》の群《むれ》と間違《まちが》わないように慎重《しんちょう》に観察《かんさつ》した。対策本部《たいさくほんぶ》へも連絡《れんらく》し、追跡《ついせき》していたところ、物体《ぶったい》の速度《そくど》が徐々《じょじょ》に上《あ》がり、それに合《あ》わせボートのスピードを上《あ》げた。今度《こんど》のは散《ち》らばったり、広《ひろ》がったりしないどころか、最初《さいしょ》レーダー画面《がめん》に写《うつ》ったときの姿《すがた》のままで、前方《ぜんぽう》に細《ほそ》く長《なが》く、後《うしろ》は太《ふと》いままの形《かたち》だ。しかも、ヒレと思《おも》われるものが動《うご》いて見《み》える。

「あっ、急《きゅう》に曲《ま》がった。速い！」

ボートは、急角度で曲がれず、行った方向を追跡し探したが、見失《みうしな》ってしまった。

「多分《たぶん》、今《いま》のは本物《ほんもの》と思《おも》われます」

と、汗《あせ》をびっしょりかきながら、対策本部《たいさくほんぶ》へ報告《ほうこく》した。

「そのまま、捜索《そうさく》を続《つづ》けて下《くだ》さい」

と指示《しじ》があった。

そんな一幕《ひとまく》もあったが、その後《ご》は二艘《そう》とも特別《とくべつ》それらしい生《い》きものは確認《かくにん》することが出来《でき》ないまま、その日《ひ》の捜索《そうさく》を終《お》えた。

翌日《よくじつ》も、ボートによるレーダー作戦《さくせん》は続《つづ》けられた。前日《ぜんじつ》と同《おな》じように、A-1からA-35地点《ちてん》、もう一艘《そう》はB-1からB-35地点《ちてん》を捜索《そうさく》した。スクリュウ音《おと》が少《すこ》しでも静《しず》かな方《ほう》が、発見《はっけん》に有利《ゆうり》だろうと、昨日《きのう》よりもスピードを落《お》として進《すす》んだ。だが、その日《ひ》は発見《はっけん》には至《いた》らず、ボートの乗員《じょういん》は、怪物《かいぶつ》にうまくすり抜《ぬ》けられたのかなと思《おも》った。

対策本部《たいさくほんぶ》では、湖岸《こがん》の監視《かんし》カメラの映像《えいぞう》を回収《かいしゅう》、点検《てんけん》しても、何《なに》も写《うつ》っていなかった。

次《つぎ》の日《ひ》も、次《つぎ》の日《ひ》も、捜索《そうさく》は続《つづ》けられたが、何《なに》も変《か》わったことが無《な》いまま、一週間《しゅうかん》、二週間《しゅうかん》と、過《す》ぎていった。

あの、大騒《おおさわ》ぎだった湖《みずうみ》の周辺《しゅうへん》は、日毎《ひごと》に静《しず》かになってきて、今《いま》では、ほぼ元《もと》の様子《ようす》に戻《もど》り、また、対策本部《たいさくほんぶ》でも、常勤《じょうきん》は十人《にん》から二人《ふたり》に減《へ》った。

一方《いっぽう》、連絡《れんらく》を受《う》けた田沢湖《たざわこ》の仙北市《せんぼくし》ではどうしたのでしょう。

最初《さいしょ》、連絡《れんらく》を受《う》けた仙北市長《せんぼくしちょう》は、田沢湖《たざわこ》の映像《えいぞう》を見《み》たとき、それはそれは椅子《いす》がひっくり返《かえ》る位《くらい》、大変《たいへん》な驚《おどろ》きようだった。以来《いらい》、仙北市《せんぼくし》では、関係先《かんけいさき》に連絡《れんらく》をとったほかに、毎日《まいにち》、一時間毎《じかんごと》に、雫石町役場《しずくいしちょうやくば》へ電話《でんわ》をかけては様子《ようす》を聞《き》いた。それほど、大事《おおごと》で心配《しんぱい》だったからである。

会議《かいぎ》の結果《けっか》、仙北市《せんぼくし》としては、御所湖《ごしょこ》の状況《じょうきょう》をみながら判断《はんだん》し、対応《たいおう》をする、ということになった。ただ、御所湖《ごしょこ》と同《おな》じように、湖岸《こがん》の要所要所《ようしょようしょ》に、監視《かんし》カメラを設置《せっち》する事《こと》と巡回《じゅんかい》し警戒《けいかい》する事《こと》は、直《す》ぐ実行《じっこう》した。

監視《かんし》カメラは、田沢湖《たざわこ》の白浜地区《しらはまちく》と御座石地区《ございしちく》と辰子像《たつこぞう》のある潟尻地区《かたじりちく》、それに「思《おも》い出《で》の潟分校《かたぶんこう》のある地区、計《けい》四ヶ所《しょ》に設置《せっち》され、この四《よん》地点《ちてん》を合《あ》わせると、田沢湖《たざわこ》の大体《だいたい》を網羅《もうら》する。

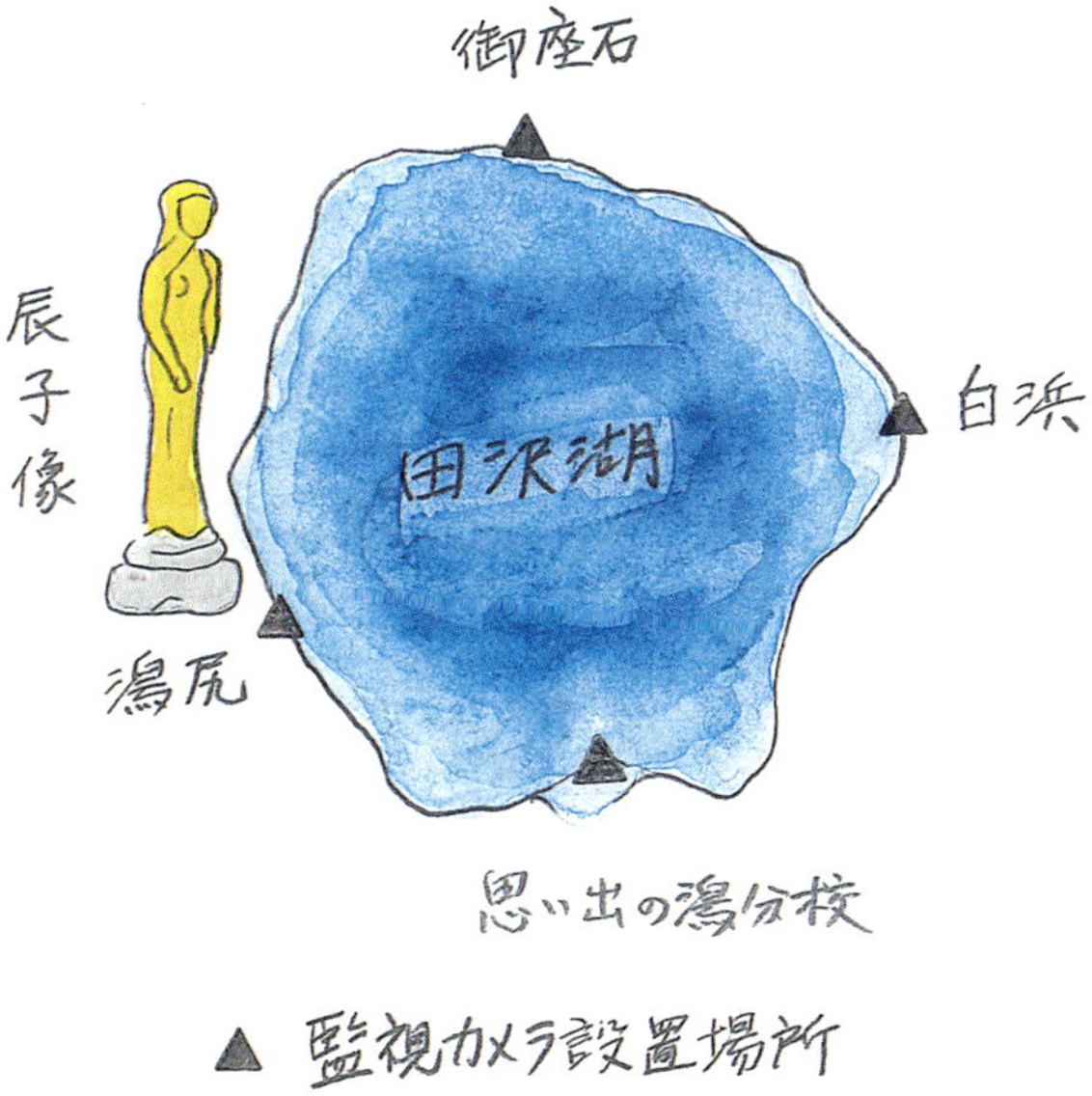

田沢湖《たざわこ》を中心《ちゅうしん》に、仙北市《せんぼくし》でも大騒動《おおそうどう》になったことは言《い》うまでもないが、しかし、一ヶ月《げつ》を過《す》ぎても全《まった》く何《なに》も現《あらわ》れないどころか、今《いま》まで通《どお》り、平穏《へいおん》なままの田沢湖《たざわこ》。それは、御所湖《ごしょこ》も同《おな》じであった。

豆知識《まめちしき》　辰子伝説《たつこでんせつ》

田沢湖《たざわこ》のほとりに辰子《たつこ》という名《な》の娘《むすめ》が暮《く》らしていた。

辰子《たつこ》は、それはそれは、とても美《うつく》しい娘《むすめ》であったが、その美《うつく》しさに自《みずか》ら気付《きづ》いた日《ひ》を境《さかい》に、いつの日《ひ》か衰《おとろ》えていくであろうその若《わか》さと美《うつく》しさをなんとか保《たも》ちたいと願《ねが》うようになる。辰子《たつこ》はその願《ねが》いを院内岳《いんないだけ》の大蔵観音《おおくらかんのん》に百《ひゃく》夜《や》の願掛《がんか》けをした。

必死《ひっし》の願《ねが》いに観音《かんのん》が応《こた》え、山深《やまぶか》い泉《いずみ》の在処《ありか》を辰子《たつこ》に示《しめ》した。

そのお告《つ》げの通《とお》り辰子《たつこ》は泉《いずみ》の水《みず》を飲《の》んだが、急《きゅう》に激《はげ》しい喉《のど》の渇《かわ》きを覚《おぼ》え、しかもいくら水《みず》を飲《の》んでも渇《かわ》きは激《はげ》しくなるばかりであった。狂《くる》ったように動《うご》きまわる辰子《たつこ》の姿《すがた》は、いつの間《ま》にか龍《りゅう》へと変化《へんか》していった。自分《じぶん》の身《み》に起《お》こった報《むく》いを悟《さと》った辰子《たつこ》は、田沢湖《たざわこ》に身《み》を沈《しず》め、そこの主《ぬし》として暮《く》らすようになった。

辰子《たつこ》の母《はは》は、山《やま》に入《はい》ったまま帰《かえ》らない辰子《たつこ》の身《み》を案《あん》じ、やがて湖《みずうみ》の畔《ほとり》で辰子《たつこ》と対面《たいめん》した。辰子《たつこ》は変《か》わらぬ姿《すがた》の気持《きも》ちで母《はは》を迎《むか》えたが、その実体《じったい》は既《すで》に人《ひと》ではなかった。悲《かな》しむ母《はは》が別《わか》れを告《つ》げる辰子《たつこ》を想《おも》って投《な》げた松明《たいまつ》が水《みず》に入《はい》ると魚《さかな》の姿《すがた》になった。これが田沢湖《たざわこ》の固有《こゆう》の魚《さかな》「クニマス」の始《はじ》まりという。

第《だい》十五話《わ》　二人《ふたり》の大捕物《おおとりもの》

それから三ヶ月《げつ》ばかり過《す》ぎた御所湖《ごしょこ》でのこと。

人間《にんげん》の中《なか》には〈決《き》まり〉があっても、それを守《まも》らない人《ひと》が居《い》るもので、「御所湖《ごしょこ》に入《はい》ってはいけません」と立看板《たてかんばん》が幾《いく》つもあるのに、それを無《む》視《し》して、二人《ふたり》の男《おとこ》がクレーン付《つ》きのトラックでやって来《き》た。荷台《にだい》にはボートがシートにおおわれ積《つ》まれている。トラックを人目《ひとめ》の無《な》い湖岸《こがん》に着《つ》けると、周《まわ》りをキョロキョロ見回《みまわ》しながら、ボートを下《お》ろし始《はじ》めた。ボートには、船外機《せんがいき》が付《つ》いている。

二人《ふたり》とも体形《たいけい》は、ガッチリしていて、服装《ふくそう》は見《み》るからに海《うみ》や川釣《かわづ》りには大分《だいぶ》慣《な》れているようで、ライフジャケットも着《き》ている。

仲間《なかま》の二人《ふたり》は、気合《きあ》いも充分《じゅうぶん》に、盛《さか》んに準備《じゅんび》をしている。そして何《なに》やらコソコソ話《はな》しをしている。

「怪物怪物《かいぶつかいぶつ》と騒《さわ》いでいたが、どうせ鯉《こい》のデカイ奴《やつ》か鯰《なまず》のデカイ奴《やつ》か、はたまた誰《だれ》か勝手《かって》に放流《ほうりゅう》し、それが大《おお》きくなった外来魚《がいらいぎょ》か何《なん》かだろう。俺《おれ》達《たち》が釣《つ》り上《あ》げて証明《しょうめい》してみせるぜ」

「ふっふっふ、全《まった》くそう言《い》うことさ」

日暮《ひぐ》れにはまだ早《はや》い時間《じかん》に、二人《ふたり》が乗《の》ったボートは、静《しず》かに岸《きし》を離《はな》れた。ゆっくり進《すす》み、予定通《よていどお》り湖《みずうみ》の真《ま》ん中《なか》あたりに来《き》て、エンジンを切《き》った。そして二人《ふたり》は、ルアーの投《な》げ釣《づ》りを始《はじ》めた。

竿《さお》、糸《いと》、リールは、カジキ釣《づ》り用《よう》のもので、それはそれはかなり丈夫《じょうぶ》なものだ。

擬餌鉤《ぎじばり》はアルミ缶《かん》を元《もと》にして作《つく》り、魚《さかな》の形《かたち》にした。アルミ缶《かん》を使《つか》ったのは、水中《すいちゅう》でも光《ひか》って目立《めだ》つように考《かんが》えてのこと。

投《な》げては巻《ま》き投《な》げては巻《ま》き、この動作《どうさ》を続《つづ》けていた。しばらくして一人《ひとり》の方《ほう》の糸《いと》が何《なに》かに引《ひ》っ掛《かか》ったらしく、巻《ま》いても巻《ま》き上《あ》がらない。

「うーん、底《そこ》の岩《いわ》か大《おお》きな木《き》にでも引《ひ》っ掛《かか》ったのかな」

と、思《おも》ったときだ。ガツーン、ググッと強《つよ》い引《ひ》きがあって、同時《どうじ》に糸《いと》と竿《さお》とがピーンと一直線《いっちょくせん》になった。

そのすごい手応《てごた》えに、

「ヤッター」

と、声《こえ》を上《あ》げた。ゲットしたのは、目的《もくてき》の獲物《えもの》だと直感《ちょっかん》した。

もう一人《ひとり》の男《おとこ》は、自分《じぶん》の竿《さお》をボートに置《お》き相棒《あいぼう》の方《ほう》に近《ちか》よった。そして、引《ひ》きの強《つよ》いのを見《み》て、竿《さお》をつかむのに加勢《かせい》した。

リールを巻《ま》こうにも全《まった》く回《まわ》らない。

それどころか、ボートが少《すこ》しずつ引《ひ》かれ始《はじ》めたではないか。あわててエンジンをかけ、スクリューを逆回転《ぎゃくかいてん》したが、それでもボートは引《ひ》っ張《ぱ》られてゆく。引《ひ》かれたボートは白《しろ》いしぶきを巻《ま》き上《あ》げながら、徐々《じょじょ》にスピードが増《ま》していった。折角《せっかく》ゲットしたのだからと、二人《ふたり》とも握《にぎ》る手《て》を強《つよ》くした。

自転車《じてんしゃ》で思《おも》いっきり走《はし》るよりも速《はや》い速《はや》さになった。

それでも手《て》を離《はな》さなかった。

引《ひ》かれたボートは、岸《きし》に向《む》かっている。

ゲットした獲物《えもの》は、岸《きし》に近《ちか》づいたところで急旋回《きゅうせんかい》した。

だから、たまりません。ボートは真《ま》っしぐらにつき進《すす》み、岸《きし》にドッカンとぶつかって止《と》まった。そのため、男《おとこ》

二人《ふたり》は空中《くうちゅう》を四、五メートル飛《と》ばされ、ドッサと落《お》ちた。幸《さいわ》い落《お》ちたところは藪《やぶ》だったので、大怪我《おおけが》や気絶《きぜつ》することはなかったが、でも一人《ひとり》の男《おとこ》の額《ひたい》には、モコモコとタンコブが出《で》てきた。もう一人《ひとり》の男《おとこ》には顔《かお》に擦《す》り傷《きず》がいっぱい出《で》来《き》ていた。

「いでで《（痛い）》で、いでで《（痛い）》で」

と、二人《ふたり》は同《おな》じ声《こえ》を発《はっ》した。二人《ふたり》とも何《なに》が何《なん》だか分《わ》からないまま顔《かお》を見合《みあ》わせた。

気《き》がつけば、一人《ひとり》の男《おとこ》の手《て》にはまだ釣《つ》り竿《ざお》が握《にぎ》られていた。思《おも》い出《だ》したようにリールを巻《ま》いてみたが、カラカラ回《まわ》るだけだった。

我《われ》に返《かえ》った二人《ふたり》は、急《きゅう》に恐《こわ》くなり、どこかにいった帽子《ぼうし》を探《さが》す余裕《よゆう》などなく、あわてて走《はし》り逃《に》げた。

「いでででで、いでででで」

一人《ひとり》はコブに手《て》を当《あ》てたまま、

「いでででで、いでででで」

もう一人《ひとり》は足《あし》を少《すこ》しひきずっていた。

第《だい》十六話《わ》　三年後《さんねんご》

首長竜発見《くびながりゅうはっけん》に結《むす》びつくものは、一切何《いっさいなに》もなく、そのまま、一年《ねん》が過《す》ぎ、二年《ねん》が過《す》ぎ、そして、三年《ねん》が過《す》ぎていった。

賢太《けんた》は、今《いま》、中学《ちゅうがく》二年生《ねんせい》となった。

雫石町《しずくいしちょう》の〈対策本部《たいさくほんぶ》〉は、すでに解散《かいさん》し、湖畔《こはん》に設置《せっち》された監視《かんし》カメラも、撤去《てっきょ》されている。

あれほど、大騒動《おおそうどう》だったにもかかわらず、今《いま》では人々《ひとびと》の関心《かんしん》も、すっかりうすれて、話題《わだい》にする人《ひと》は、ほとんどいない。時々思《ときどきおも》い出《だ》して、誰《だれ》かが語《かた》るぐらいである。

ある人《ひと》は、

「イギリスのネス湖《こ》のネッシーも見《み》たと言《い》う人《ひと》は大勢《おおぜい》いるし、写真《しゃしん》も撮《と》られているよ。しかし、確認《かくにん》はされていないはずだ。だから同《おな》じことだよ」と言う。

また、ある人《ひと》は、

「発見《はっけん》されないのは、湖《みずうみ》のどこかに、隠《かく》れ棲《す》む横穴《よこあな》が、あるんではないか。しかも、御所湖《ごしょこ》と田沢湖《たざわこ》両方《りょうほう》に現《あらわ》れるってことは、両方《りょうほう》の湖《みずうみ》は、地下《ちか》で繋《つな》がっていると、推測出来《すいそくでき》るよ。何《なに》かは居《い》るんだろうなぁ」

実《じつ》は、この人《ひと》の考《かんが》えたことが、真実《しんじつ》だったようだ。しかし、三十キロメートルもある御所湖《ごしょこ》と田沢湖《たざわこ》の距離《きょり》が、地下《ちか》で繋《つな》がっていることなど、誰《だれ》も想像《そうぞう》することすら、出来《でき》なかった。

この三年《ねん》の間《あいだ》に、新《あら》たに首長竜《くびながりゅう》を見《み》たという人《ひと》は、全員同《ぜんいんおな》じような光景《こうけい》で見《み》たという。それは、頭部《とうぶ》だけを水面《すいめん》に出《だ》して泳《およ》いでいる姿《すがた》で、最初首長竜《さいしょくびながりゅう》と気付《きづ》かなかった。

じっと見《み》ていると、生《い》きものらしい動《うご》きであることから、以前《いぜん》、話題《わだい》となった首長竜《くびながりゅう》と思《おも》ったということだ。

見《み》たという人《ひと》は当然《とうぜん》のように、警察《けいさつ》や他《た》の人達《ひとたち》に伝《つた》えたが、誰《だれ》も本気《ほんき》にしてくれる人《ひと》はいなかった。

見《み》たという五人《ごにん》は、仕方《しかた》なく、自分《じぶん》の記憶《きおく》として、しまっておくしかありません。

首長竜《くびながりゅう》が居《い》ることを本当《ほんとう》に信《しん》じているのは、探検隊《たんけんたい》の六人《ろくにん》と合《あ》わせ計《けい》十一人《にん》だけということになる。

ある日《ひ》、賢太《けんた》は、御所湖畔《ごしょこはん》に立《た》った。あのゴショリュウとハクアリュウは、どうしてるかなぁ、さらに大《おお》きくなったのかなぁ、モールス信号《しんごう》に反応《はんのう》してくれるかなぁ。思《おも》えば思《おも》うほど、気《き》になって仕方《しかた》がありません。

翌日《よくじつ》、夜明《よあ》け前《まえ》に、賢太《けんた》はまた御所湖《ごしょこ》に来《き》ていた。三年前《ねんまえ》の探検隊《たんけんたい》が活躍《かつやく》していた頃《ころ》を懐《なつ》かしく思《おも》い出《だ》していた。

〈ゴショリュウとハクアリュウを、そっとしておいてやろう〉

隊員《たいいん》のこの約束《やくそく》は、忘《わす》れてはいないが、みんなに、〈ごめんなさい、許《ゆる》して下《くだ》さい〉と心《こころ》の中《なか》で詫《わ》びながら、賢太《けんた》は、足元《あしもと》の小石《こいし》を拾《ひろ》った。

ーーーー　・・ー・・　・・・　ー・ーー　・ー・ー・　ー・
コ　チ　ラ　ケ　ン　タ

ーーーー　・・ー・・　・・・　ー・ーー　・ー・ー・　ー・
コ　チ　ラ　ケ　ン　タ

モールス信号《しんごう》を発信《はっしん》した。

夜《よ》も明《あ》けてきて、人々《ひとびと》が動《うご》き始《はじ》める頃《ころ》だなと心配《しんぱい》しながら、今日《きょう》はもう止《や》めようかと思《おも》った時《とき》に、あのゴショリュウが、そっと現《あらわ》れた。

「やったぁ！」ものすごい感激《かんげき》で、胸《むね》がジーンと熱《あつ》くなった。前《まえ》のときよりも、現《あらわ》れた距離《きょり》が近《ちか》く感《かん》じられたのは、気《き》のせいだろうか。またもや、

「やったぁ！」ハクアリュウも現《あらわ》れた。嬉《うれ》しい。二頭《とう》とも、こちらを向《む》いている。賢太《けんた》は、元気《げんき》な様子《ようす》のリュウに、ぼろぼろと泣《な》けてきた。そして何度《なんど》も手《て》の甲《こう》で涙《なみだ》をぬぐった。今《いま》まで通《どお》り、誰《だれ》にも見《み》つからないように、気《き》をつけて生《い》きてくれよ。そう願《ねが》わずにいられなかった。

しばらくして、二頭《とう》の首長竜《くびながりゅう》は、賢太《けんた》に、スーッと近寄《ちかよ》ってきてから、姿《すがた》を消《け》した。

今度《こんど》は、田沢湖《たざわこ》で会《あ》おう、と考《かんが》えながら、賢太《けんた》は、〈自分《じぶん》だけで会《あ》って、ごめんなさい〉と、また心《こころ》の中《なか》で、みんなに謝《あやま》った。いや、待《ま》てよ、今度《こんど》は、やはり正人君《まさとくん》も一緒《いっしょ》だ。

いつものように朝日《あさひ》を受《う》けて、御所湖《ごしょこ》の水面《すいめん》が、キラキラと金色《きんいろ》に輝《かがや》きはじめた。周辺《しゅうへん》からは、小鳥《ことり》のさえずりが聴《き》こえてくる。メジロ、キビタキ、ヒヨドリ、セキレイが、競《きそ》うように鳴《な》いている。遠《とお》くからは、カッコウの声《こえ》も聴《き》こえてきた。

おわり

著者　Jan.Marsse（ジャン・マース）

1942年岩手県生まれ

本書の出版に際し、関係各位並びにツーワンライフ出版 細矢社長には多大なるご尽力をいただきました。厚く感謝御礼を申し上げます。

君《きみ》は見《み》たか　秋田県《あきたけん》 田沢湖《たざわこ》　岩手県《いわてけん》 御所湖《ごしょこ》に首長竜《くびながりゅう》あらわる

発　行　2015年３月31日
著　者　Jan.Marsse
絵　　　Jan.Marsse　大沼実恵
発行者　細矢　定雄
発　行　㈲ツーワンライフ
〒028-3621 岩手県紫波郡矢巾町広宮沢10-513-19
☎019-681-8121　FAX.019-681-8120
ISBN978-4-907161-47-7